CARA DE PLATA

RAMÓN Mª DEL VALLE-INCLÁN

Copyright del texto © 2023 Culturea ediciones
Sitio web : http://culturea.fr
Impresión: BOD - Books on Demand (Norderstedt, Alemania)
Correo electrónico : infos@culturea.fr
ISBN :9791041937066
Depósito legal : abril 2023
Queda prohibido reproducir parte alguna de esta publicación,
en cualquier forma material, sin el premiso por escrito
de los dos titulares del copyright.

DRAMATIS PERSONAE

EL CABALLERO DON JUAN MANUEL MONTENEGRO.

SUS HIJOS CARA DE PLATA, DON PEDRITO, DON ROSENDO, DON MAURO, DON GONZALITO Y DON FARRUQUIÑO.

SABELITA, AHIJADA DEL CABALLERO.

EL ABAD DE LANTAÑÓN Y SU HERMANA DOÑA JEROMITA.

EL SACRISTAN, LA SACRISTANA, LA HIJA BIGARDONA Y EL CORO DE CRIANZAS.

FUSO NEGRO, LOCO.

DON GALÁN, CRIADO DEL CABALLERO.

UNA TROPA DE CINCO CHALANES: PEDRO ABUIN, RAMIRO DE BEALO, MANUEL TOVÍO, MANUEL FONSECA Y SEBASTIÁN DE XOGAS.

EL VIEJO DE CURES Y UN PASTOR.

PICHONA LA BISBISERA, LUDOVINA LA VENTORRILLERA Y LA COIMA DE OTRO MESÓN.

UN MARAGATO, UN PENITENTE, EL CIEGO DE GONDAR, UN INDIANO, EL DIACONO DE LESÓN.

UNA VIEJA COTILLONA.

VOZ EN UNA CHIMENEA.

OTRAS VIEJAS, GRITOS Y DENUESTOS, PREGONES, CLAMOR DE MUJERUCAS, SALMODIA DE BEATAS, RENIEGOS Y ESPANTOS, LA LUCES DEL SANTO VIÁTICO.

JORNADA PRIMERA

ESCENA PRIMERA

Alegres albores. Luengas brañas comunales, en los montes de Lantaño. Sobre el roquedo, la ruina de un castillo, y en el verde regazo, las Arcas de Bradomín. Acampa una tropa de chalanes, al abrigo de aquellas piedras insignes —MANUEL TOVIO, MANUEL FONSECA, PEDRO ABUIN, RAMIRO DE BEALO y SEBASTIAN DE XOGAS—. A la redonda, los caballos se esparcen mordiendo la yerba sagrada de las célticas mamaos. En la altura, una vaca montesa embravecida muge por el vitelo que se lleva a la feria un rabadán.

PEDRO ABUIN   Ganados de Lantaño, siempre tuvieron paso por Lantañón.

RAMIRO DE BEALO   Hoy se lo niegan. Perdieron el pleito los alcaldes y no vale contraponerse.

PEDRO ABUIN   Eso aún hemos de ventilarlo.

RAMIRO DE BEALO   No te metas a pleito con hombre de almenas.

PEDRO ABUIN   ¡Casta de soberbios! El fuero que tienen pronto lo perdían si todos nos juntásemos. ¡No es más tirano el fuero del Rey!

SEBASTIAN DE XOGAS   Ya hubo reyes que acabaron ahorcados.

RAMIRO DE BEALO   En otras tierras.

MANUEL FONSECA   ¡Montenegros! ¡Negros de corazón!

PEDRO ABUIN   ¡Fue mal sentenciado! Y todos a una puestos en la de pasar, nos reímos de papeles.

EL VIEJO DE CURES   Donde hay sentencia de juez, mala o buena, tuerta o derecha, le toca perder al rebelde. ¡Siempre lo he visto en los años que tengo!

PEDRO ABUIN   Con sentencia o sin sentencia, no tiene poder contra todos el Montenegro. ¡Esa es la mía!

EL VIEJO DE CURES   Arrogancias nunca ganaron pleitos.

SEBASTIAN DE XOGAS   ¿Qué cuentas son las vuestras? ¿Llevar el ganado por la barca?

EL VIEJO DE CURES   Acercarnos a las puertas del Pazo y pedirle su venia al Vinculero.

PEDRO ABUIN   ¡Es mucha la soberbia que tiene!

EL VIEJO DE CURES   Pues nos, allá vamos con ese concierto, y a ser vos conformes, podemos ir todos, que más fuerza hacemos.

PEDRO ABUIN   ¿Y si se niega, qué procede?

EL VIEJO DE CURES   Esperar una mudanza de su genio. Tú propones juntarnos para la rebeldía. ¡Así es! Yo para las mediaciones que transigen guerras. ¡Quién tuvo razón, lo diga el tiempo!

RAMIRO DE BEALO   Con ir allá nada se nos pierde.

MANUEL TOVIO   Si lo atrapamos en la hora renegada nos echa con rayos y centellas.

PEDRO ABUIN   Si mala palabra me dice, mala palabra le respondo.

EL VIEJO DE CURES   ¡Con ese dictamen no vengas allá!

Un pastor, escotero y remoto sobre una peña, asiste al concilio haciendo círculos con el regatón del cayado en los líquenes milenos del roquedo.

EL PASTOR La idea vuestra ya otros la pusieron en obra. ¿Y qué sacaron? ¡Oír malos textos! Yo fui con buenas palabras. ¿Y qué saqué? ¡Escarnios! Me oyó tirándose de las barbas y acabó con que fuese a pedírselo la mi parienta.

MANUEL FONSECA   ¡Con ella en la cama sentenciaba el pleito!

EL PASTOR ¡No sentenciase su fin!

RAMIRO DE BEALO   Es el fuero que tiene.

EL PASTOR Pues llévale la vaca de tu corte.

PEDRO ABUIN   Ya se la habrá llevado.

RAMIRO DE BEALO   Un rayo que os parta.

PEDRO ABUIN   ¿Qué resolución tomamos, compañeros? La mía es meter el ganado por las Arcas. Pero habíamos de ser todos a una. Si como dicen, hubo ya tiempos donde fueron quemadas las casas de torre, pudieran volver tales tiempos.

EL PASTOR Vamos y no lo demoremos, que está solo en la cueva el lobo cano.

PEDRO ABUIN   ¿Que respondéis los feriantes? ¿Nos juntamos para hacer valer nuestro derecho?

EL VIEJO DE CURES   Tengo una carga de años, y os confirmo que más ganaremos con palabras de política que con acciones rebeldes.

PEDRO ABUIN   Los de ese dictamen que vayan delante y hablen primero.

EL VIEJO DE CURES   ¡Amén! Sin concordia entre altos y bajos, el mundo no se gobierna.

VOCES DE FERIANTES   ¡Too! ¡Marela! ¡Too! ¡Bermella!

MANUEL FONSECA   Esperemos a ver lo que saca Quinto de Cures.

RAMIRO DE BEALO   El no, ya lo lleva.

EL PASTOR Sacará lo que otros sacaron.

PEDRO ABUIN   ¡Sacará voces y denuestos!

SEBASTIAN DE XOGAS   ¡Atención pido! De ir a un levante tiempo tenemos. Y para mi discurso, nos cuadra dejar cualquier querella hasta pasado el Corpus de Viana. Busquemos ahora la vida en la feria, sin contratiempos, que a la vuelta lugar hay de abanderarnos contra la sentencia del Vinculero.

PEDRO ABUIN   ¡Montenegro, emplazado quedas!

SEBASTIAN DE XOGAS   ¡Ya te llegará tu malaventura, Montenegro!

EL PASTOR ¡No hay otra salvación que quemarle los campos!

El tropel de chalanes parte en cabalgada, y EL PASTOR en lo alto de la peña, silueteado sobre el cielo, los despide con un grito, agitando los brazos. A lo lejos, en el cristal de la mañana, un vuelo de palomas abre sus círculos sobre la torre de Lantañón.

Luces matinales en el Pazo de Lantañón—. Sobre el atrio de limoneros, la arcada de una solana, con escalera de piedra. Sabelita está en lo alto, de pechos al arambol, rubia de mieles, el cabello en dos trenzas, la frente bombeada y pulida, el hábito Nazareno. En el lindero del atrio clamorea una ringla de mujerucas con frutos y tenderetes.

CLAMOR DE LAS MUJERUCAS ¿Es verdad que se quitó el paso? ¡Miren que es mucho el arrodeo! ¡Madre de Dios! ¡Madre de Dios! ¡Con el camino tan largo que traemos! ¡Madre Bendita! ¡Que venimos de muy distante! ¡Más arriba de San Quinto de Cures!

Las mujerucas se apartan para dejar paso a un jinete, mancebo muy gentil que, cercado de galgos y perdigueros, entra al galope. Basculada con gritos y espantos, cestos torcidos sobre las cofias, manos aspadas protegiendo los tenderetes. DON MIGUEL MONTENEGRO, el hermoso segundón, salta de la silla y ata el caballo a una argolla empotrada en el muro. Por su buena gracia, los suyos y los ajenos le dicen CARA DE PLATA.

CLAMOR DE LAS MUJERUCAS ¡Don Miguelito, déjenos pasar! ¡Tenga compasión, Señor Carita de Plata! ¡Que venimos de la fin del mundo! ¡Tenga buen corazón!

PICHONA LA BISBISERA ¡Téngalo de plata como la cara hermosa, Señor Don Miguelito!

CARA DE PLATA   ¡Pasad con mil demonios!

PICHONA LA BISBISERA ¡Viva el Señor Carita de Plata!

CARA DE PLATA   ¿Cuándo me lo das, Pichona?

PICHONA LA BISBISERA ¡Ay, qué trueno!

CLAMOR DE LAS MUJERUCAS ¡Dios le florezca! ¡Dios le florezca!

La ringla de mujerucas penetra en el atrio por el gran arco con escudo y cadenas. SABELITA deja oír el ceceo cantarín de su voz, y sobre las piedras viejas de la solana, entre el verde de los limoneros se enciende la nota morada y dramática del hábito Nazareno.

SABELITA   ¿Cómo queda la madrina?

CARA DE PLATA   Rezando el trisagio. ¿Y tú, cuándo vuelves allá?

SABELITA   Cuando el padrino lo ordene.

CARA DE PLATA   Mi madre te espera.

SABELITA   ¿Por qué no me manda ir? Yo bien lo deseo.

CARA DE PLATA   ¿Ahora que yo he venido?

SABELITA   No comiences.

CARA DE PLATA   Ayúdame a ver que tiene esta maldito cadelo, pues viene cojo.

SABELITA   Si entró por las tojeras, será alguna espina.

CARA DE PLATA   ¡Ven aquí, Carabel!

El can se acerca con un brazuelo en el aire, y el hermoso segundón le vuelca mirándole las pezuñas. SABELITA está a su vera, arrodillada sobre las losas, risueña y atenta.

SABELITA   ¡No te clave los dientes!

CARA DE PLATA   Ya verías tú de curarme.

SABELITA   No soy cirujana.

CARA DE PLATA mete el puño en la boca del alano, que gime hostigado, pero sin morderle. SABELITA le mira fijamente, los ojos ingenuos y francos como los de una niña.

SABELITA   ¡No tienes los cabales!

CARA DE PLATA   ¡Muerde, Carabel!

SABELITA   ¡El animal discierne más que tú!

CARA DE PLATA   ¡Pues que siga con la espina!

CARA DE PLATA salta en pie, con gentil y violento alarde. Tiene el cabello de oro, los ojos de alegre verde, la nariz de águila imperial. SABELITA, arrodillada al pie del can, sobre el suelo de piedra, se afana por sacarle la espina que tiene clavada en el brazuelo. El hermoso segundón vuelve a su lado.

SABELITA   ¡Loco!

CARA DE PLATA   Ponme tú cuerdo.

SABELITA   ¿Con qué yerbas?

CARA DE PLATA   Con palabras.

SABELITA   No soy saludadora.

CARA DE PLATA   Esta noche tengo que hablarte, Isabel.

SABELITA   ¿Y no es hablar lo que estamos haciendo?

CARA DE PLATA   Será otro hablar, a la luz de la luna.

SABELITA   ¡Eres tú muy lunático!

CARA DE PLATA   ¿No me quieres, Isabel?

SABELITA   Al modo tuyo, no.

CARA DE PLATA   Pues no me quieres.

SABELITA   Eso será.

CARA DE PLATA   Esta noche te deshago la cama.

SABELITA   ¡Qué falto estás de sentido!

CARA DE PLATA   ¿Me abrirás la puerta?

SABELITA   ¡No seas pirata!

CARA DE PLATA   Si la encuentro cerrada, cuenta que la derribo.

SABELITA   ¡Bárbaro!

CARA DE PLATA   ¡Cuando me veas aparecer, no grites!

SABELITA   ¡Pero para ti no hay honestidad!

CARA DE PLATA   ¿Y qué sucedería si esta noche entrase en tu alcoba?

SABELITA   ¡Cómo te gusta cavilar en el pecado! Y no me das miedo, Carita de Plata... Pero si me quieres, quiéreme honesta.

DON JUAN MANUEL MONTENEGRO, con la escopeta y el galgo, rufo y madrugador, aparece por el huerto de frutales y se detiene en la cancela. Es un hidalgo mujeriego y despótico, hospitalario y violento, rey suevo en su Pazo de Lantañón.

EL CABALLERO   Cara de Plata, deja la buena compañía y ven a rendir tu cuenta. Ayer te esperaba. ¡Muy largo se ha vuelto el camino de Viana!

CARA DE PLATA   Tuve el caballo con un torzón.

EL CABALLERO   Mandé en tu busca para hacer en el monte recuento del ganado y poner el hierro a los novillos del año. Tus hermanos allá están. El ganado más lucido hay que bajarlo a la feria de Viana. Irás con tus hermanos mayores, que ellos están caídos en picardías de chalanes... Pero el dinero lo guardas tú. Espero que no te lo juegues como suelen hacer los otros Barrabases.

CARA DE PLATA   Nadie está libre de una tentación.

EL CABALLERO   Pues si eres tentado, procura ganar, y si pierdes, no te aparezcas ante mis ojos.

CARA DE PLATA   Lo tendré presente.

DON JUAN MANUEL le mira con enojo risueño: Siente por aquel hijo una afección indulgente y ruda. El gentil mancebo está en pie delante de su padre, la boca seria y un alegre ímpetu en el verde cristal de los ojos.

EL CABALLERO   ¿Queda en buena salud tu madre?

CARA DE PLATA   Si, señor.

EL CABALLERO   ¿Qué hace?

CARA DE PLATA   Lo de siempre: Novenas.

EL CABALLERO   ¡Aquí me tiene abandonado!

CARA DE PLATA   De algo parecido se duele mi madre allá en Viana.

EL CABALLERO   Son sus romances. ¿Y ahora sepamos qué historia es esa con que me ha venido Pedro Rey?

CARA DE PLATA   Se le fue al río una vaca brava y me tiré a salvársela.

EL CABALLERO   No son esas mis noticias. Parece ser que tú has montado sobre la vaca, y que contigo encima se sumergió y tragó tanta agua, que ha muerto bajo el puente.

CARA DE PLATA   No ha muerto. Está para morir.

EL CABALLERO   Pedro Rey pretende que yo le pague la res. Ya le he dicho que me la traiga viva o muerta. Quiero proponerle un cambio.

CARA DE PLATA   Le roba a usted el dinero. Cuando yo me tiré al río la vaca estaba ahogándose. No se la pague usted.

EL CABALLERO   No hablé de pagársela. Quiero proponerle un cambio: Que me deje la res y cargue contigo. ¿Te parece bien?

CARA DE PLATA   Yo soy un hijo obediente.

EL CABALLERO   Hablemos en veras. ¡Yo querría que tú fueses un caballero que respondiese en todo a las obligaciones de su sangre!

CARA DE PLATA   Ya correspondo, padre.

EL CABALLERO   Tus hermanos te pervierten con sus malos ejemplos. Escúchame. No te pido que seas un santo, cada edad reclama lo suyo, pero no olvides las obligaciones de tu sangre, como hacen los otros perversos.

El linajudo acabó de hablar con un gran suspiro, los brazos sobre los hombros del mancebo, que pronto y liberal se arranca y besa la mano del viejo.

CARA DE PLATA   Padre, yo aquello que hago, bueno o malo, lo hago sin consejo.

EL CABALLERO   Pues ahora, sube al monte, y cumple con arreglo a mis órdenes.

CARA DE PLATA   Amén. ¿A qué hora se fueron mis hermanos?

EL CABALLERO   Con el alba.

El hermoso segundón desata el caballo, que piafa atado en la sombra del rudo arco de piedra, cabalga de un salto y sale al galope, bajo la mirada orgullosa del viejo genitor. En lo alto de la solana, rubia como una espiga, infantil y risueña, está la ahijada del Vinculero.

SABELITA   ¡Que tengas sentido, Carita de Plata!

CARA DE PLATA   Por ti lo pierdo.

EL CABALLERO   ¿Te enamora mi rapaz?

SABELITA   Son ventoleras.

EL CABALLERO   ¿De qué te hablaba?

SABELITA   ¿Cuándo?

EL CABALLERO   Hace un momento.

SABELITA   ¡Ya ni recuerdo de qué me hablaba!

EL CABALLERO   ¿Y lo que tú le respondiste, tampoco?

SABELITA   Yo no le escuché.

EL CABALLERO   No eres tú para él.

SABELITA   Tampoco lo pretendo.

EL CABALLERO   Tú eres para más.

SABELITA   Yo soy para llorar muchas penas.

EL CABALLERO   ¿Quién puede dártelas?

SABELITA   Quien lo da todo.

EL CABALLERO   Cuando se es joven no hay penas. A mí todas me acudieron de viejo... ¡Y no caigas con mi rapaz!

SABELITA   Si no le escucho, padrino.

EL CABALLERO   ¡Como yo tuviese diez años menos!

SABELITA   Yo no los quería diez años menos.

EL CABALLERO   ¡Yo, sí! Para hacerte levantar los ojos. ¡Maldita costumbre de monja, tenerlos siempre por tierra!

En el lindero del atrio aúlla con tuerto visajes un mendigo alunado.- Aquel Fuso Negro, roto, greñudo y cismático, que lleno de guijarros el bonete, corría los caminos entre Lugar de Condes y Lugar de Freyres.

FUSO NEGRO   ¡Touporroutou! ¡Se juntó una tropo de irmandiños! ¡Touporroutou! ¡Para acá viene! ¡La torre entre todos nos han de quemar! ¡Touporroutou!

FUSO NEGRO se esguinza con una espantada, sacando la lengua. Una nalga negruzca le palpita entre jirones de remiendos. ¡Touporroutou! De pronto se vuelve, y comienza a bailar, trenzando las piernas. ¡Touporroutou!

ESCENA TERCERA

Entre Lugar de Condes y Lugar de Freyres, el Pazo de Lantañón.— Brañas, castañares, agros de pan.— Lugar de Condes en el abrigo de la iglesia, y cavado en el monte Lugar de Freyres. La Puente de Lantañón reina en medio: A uno y otro lado son orgullosas entradas, arcos barrocos con escudos y cadenas. Por los pretiles, en los claros ojos de la mañana, se estrecha una punta de vacas, con el sol en las astas. Y contra el sol, rostro al monte, viene al galope CARA DE PLATA. Le saluda placentera la voz del viejo de CURES.

EL VIEJO DE CURES   ¡Galán Vinculero! ¿Es verdad que al presente está privado el tránsito?

CARA DE PLATA   Es verdad.

EL VIEJO DE CURES   ¿Y hemos de llevar el ganado por la vuelta del río, y pasar la barca, al ir y al volver de esta gran feria de Viana?

CARA DE PLATA   Así es la sentencia.

EL VIEJO DE CURES   A duras leyes, jueces clementes, dice el saber de los antiguos.

CARA DE PLATA   Mi padre se cansó de ser clemente.

EL VIEJO DE CURES   ¡A lo menos fuéranos permitido el tránsito para estas ferias anuales del Corpus! ¡A lo menos fuéranos eso concedido, que según luces de curiales, es lo que vinieron gozando los pasados!

CARA DE PLATA   Eso os daba mi padre, y fuisteis al pleito.

EL VIEJO DE CURES   Los de Cures no fuimos. En ese referente está engañado el Señor Mayorazgo. Yo soy el árbol de más años. Contando los hijos y nietos casados, suben de treinta las puertas donde puede morar Quinto Pío. ¡Así es! Y por más señalado, Quinto de Cures. Cristiano viejo, aún cuando en los días presentes no se reconoce diferencia entre nuevos y viejos. ¡Así es! Hoy no queda por esta tierra otro judío que el inglés de los Evangelios.— Pues era aquel decir, que no pleiteamos los de Cures.

CARA DE PLATA   Pero fuisteis de testigos falsos.

CLAMOR DE LOS

VAQUEROS ¡Está mal informado! ¡No somos de esa condición! ¡Le inclinaron en contra las orejas!

EL VIEJO DE CURES   ¡Sangre de Montenegro, el tránsito a todos nunca podrá quitarse! Es la costumbre del tiempo de los viejos, y las costumbres hacen la ley. Los de Cures no seremos rebeldes, y de hoy más caminaremos por la vuelta. ¡Así es! Pero aquel jinete que viene trotando no quedará sin paso. El mismo rey, ante otros reyes baja la espada.

CARA DE PLATA   Viejo de Cures, si no pasan los que caminan a pie, no pasarán los que vienen a caballo.

EL VIEJO DE CURES   ¡Así cumplía!

CARA DE PLATA   Y así es la doctrina de mi padre.

EL VIEJO DE CURES   ¡Amén! Nieves paternas para el hijo espejos. ¡Así es! Y grillos de bronce sus mandamientos.

EL VIEJO con la vara en alto, hace retroceder el tropel de sus vacas que entrechoca las cuernas, entornado por las voces y las picas de tantos hijos y nietos, sangre de Quinto de Cures. Y aquel negro jinete que sobre el sol llega trotando es el ABAD de San Clemente de Lantañón.

CARA DE PLATA   ¡Señor Abad, tuerza el caballo!

EL ABAD   ¿Pues qué ocurre?

CARA DE PLATA   Señor Abad, que no hay vereda.

EL ABAD   ¡Joven Absalón, no me detengas con chanzas, que voy apremiado para encaminar un alma en Lugar de Freyres!

CARA DE PLATA   ¡Ojalá fueran chanzas!

EL ABAD   ¡Mal vino traes, tunante!

CARA DE PLATA   ¡No lo he catado!

EL ABAD   ¡Apártate, y déjame camino!

CARA DE PLATA   ¡No puedo!

EL ABAD   ¡Considera, bárbaro, la afrenta que haces a mi tonsura!

CARA DE PLATA   No es afrenta, sino justicia que debo a Quinto de Cures. ¡Si no pasan los que vienen a pie, no deben pasar los que vienen a caballo!

EL ABAD   Deja las burlas para otra hora, que la muerte no espera.

CARA DE PLATA   Pues habrá que romperle una pata.

EL ABAD   Apártate, grandísimo renegado. Ya te he dicho que voy a encaminar un alma. ¡Apártate en nombre de Dios!

CARA DE PLATA   ¡No puedo!

EL ABAD   ¡Muchacho! ¡En ti está revestido Satanás!

CARA DE PLATA   Hoy me santiguó con el rabo.

EL ABAD   ¡Mira lo que haces!

CARA DE PLATA   Mirado está.

EL ABAD   Que no soy un rapaz de tus años, y esas burlas tampoco están bien con un ministro del Señor.

CARA DE PLATA   Mi padre ganó el pleito y hace valer la sentencia, Señor Abad.

EL ABAD   ¡Quijoterías! Conmigo no reza esa sentencia.

CARA DE PLATA   Con usted y con el mismo Rey.

EL ABAD   ¡Quijoterías! En Lantañón guardáis una paloma de mi palomar. ¡Tenlo presente!

CARA DE PLATA   ¡No lo había olvidado!

EL ABAD   ¡Iré por ella!

CARA DE PLATA   ¡Ya lo sé!

EL ABAD   Hazle la cruz.

CARA DE PLATA   Se la hago.

EL ABAD   Veremos si tu padre autoriza este escarnio.

CARA DE PLATA   El paso para todos o para ninguno. Mi padre no puede dar otro ejemplo.

EL ABAD   ¡Sacrílego, considera que un pecador espera la absolución! ¡Que está en trance de muerte! ¡Que entregas tu alma al Infierno! ¡Que incurres en pena de excomunión!

CARA DE PLATA   ¡Todo lo considero!

EL ABAD   ¿Y te condenas tan impávido?

CARA DE PLATA   ¡Si no hay otro remedio!

VOCES REMOTAS   ¡Es camino del Rey! ¡El paso es libre! ¡Libre es el paso! ¡No hay ley que lo cierre!

CARA DE PLATA   ¡Venid a ganarlo!

EL ABAD vuelve grupas y pone espuelas. Sobre los roquedos, ágiles siluetas pastoriles gritan agitando los brazos, y esparcidos rebaños pacen en torno: Voces y ladridos se prolongan y encadenan por la quebrada.

EL ABAD de Lantañón con escolta de chalanes y boyeros, entra por la verde quintana de su iglesia, y ante el portón de la rectoral, descabalga. BLAS DE MIGUEZ, el sacristán, acude a tenerle el bridón de la montura. Tumulto de voces quiebra el verde y aldeano silencio. El tonsurado esquivo y sin hablar palabra, se mete por las puertas de la sacristía. Negro, zancudo, angosto, desaparece en la tiniebla de arcones y santos viejos. A poco retorna, y en el quicio de la puerta hace disimulo de no mirar a los chalanes, atento al tempero. Disputa el tropel de feriantes y se mueven las picas entre gritos y gestos. De pronto, sobre el patín de la rectoral, aparece una dueña pilonga, muy halduda, que con la rueca en la cinta tuerce el huso y escupe en el dedo. Es DOÑA JEROMITA, la hermana del ABAD.

DOÑA JEROMITA   ¡Jesús, con las voces! ¡Pues aunque estuvieseis a la puerta de un ventorrillo! ¡No habléis todos a una, selváticos! ¡Hermano, ponga paz!

EL ABAD   No me sale del bonete.

DOÑA JEROMITA   ¡Ave María!

EL ABAD   Mi tonsura ha sido ultrajada por un carajuelo.

DOÑA JEROMITA   ¡Jesús, mil veces!

EL ABAD vuelve a entrarse por la puerta de la sacristía. BLAS DE MIGUEZ le sigue sonando las llaves de la iglesia. DOÑA JEROMITA, con la rueca en la cintura y los brazos en aspa, baja la escalera del patín.

DOÑA JEROMITA   No habléis todos a una. ¡Ay, Dios, que me entere! ¿Con quién tuvo mi hermano ese mal encuentro?

SEBASTIAN DE XOGAS   Con un hijo del Mayorazgo.

DOÑA JEROMITA   ¡Si aún somos parentela!

PEDRO ABUIN   En Lantañón no saben de parentescos. Allí todo es fuero y altanería.

DOÑA JEROMITA   ¿Es que volvéis a cuestionar el paso por los arcos? ¡Cuándo tendrá fin ese pleito!

MANUEL TOVIO   Lo heredarán nuestros hijos.

DOÑA JEROMITA   ¿Cómo ha mediado el Abad?

MANUEL TOVIO   El Señor Carita de Plata le negó la vereda cuando iba a encomendar un alma.

DOÑA JEROMITA   ¡Qué sacrilegio! ¿Y vosotros aquí qué buscáis?

PEDRO ABUIN   La cabeza que nos acaudille.

DOÑA JEROMITA   ¿A mi hermano?

PEDRO ABUIN   Justamente. ¡No es otro mi clamor!

SEBASTIAN DE XOGAS   Y el nuestro por el igual. No eres tú el solo. Tú eres uno como los más, y no te pongas el primero. El clamor de todos es tener por cabeza a nuestro Abad.

EL ABAD, negro y escueto, reaparece en la puerta de la sacristía, con el breviario entre las manos. La tropa de chalanes y boyeros queda silenciosa, esperando que hable, y la dueña pilonga, con la rueca en la cinta y el huso bailándole al flanco, se espanta en el ruedo del halda, los brazos abiertos, aspadas las manos.

EL ABAD   ¿Qué esperáis?

SEBASTIAN DE XOGAS   Su resolución esperamos.

EL ABAD Y yo espero a saber si sostiene la mala acción del hijo el viejo Montenegro.

DOÑA JEROMITA   ¡Ay, hermano, para este sofoco le hará bien sangrarse! ¡Por la Virgen!, diga, ¿cómo ocurrió ese desavío?

EL ABAD   ¿Qué preguntas, si estás enterada?

DOÑA JEROMITA   ¡Jesús, mil veces! ¿Y ha sido con Carita de Plata?

EL ABAD   Con ese Luzbel.

DOÑA JEROMITA   ¡Estaría alumbrado!

EL ABAD   ¡Maldita casta!

DOÑA JEROMITA   ¡Ay, hermano, no la reniegue, que aún nos alcanza una gota de esa sangre! ¡Recuerde que demora nuestra sobrina bajo las tejas de Lantañón! ¡Que allí la criaron!

EL ABAD   Pues la sacaré de esa cueva. Si el padre autoriza la violencia del hijo, romperé para siempre las amistades.

DOÑA JEROMITA   ¡Por el padre pongo en la lumbre las manos! No me extrañaría de los otros bigardotes, pero sí de Carita de Plata. Ya sabe cómo anda enamorado.

EL ABAD   ¡Alma de Lucifer!

DOÑA JEROMITA   De cierto que estaba bebido.

EL ABAD   ¡Si como iba a encomendar un alma hubiera llevado el Santolio!

DOÑA JEROMITA   ¡Jesús, mil veces!

EL ABAD   ¡Condenado! ¡Irremisiblemente condenado!

PEDRO ABUIN   ¡Señor Abad, póngase, como es ley de justicia, a la cabeza de sus feligreses!

AL ABAD   Ya os he dicho que espero.

SEBASTIAN DE XOGAS   Viene a significarse que su consejo es la prudencia.

EL ABAD   Yo espero, espero, espero.

SEBASTIAN DE XOGAS   Y a todos nos conviene ese parigual, en tanto transcurren estas grandes ferias de Viana. Después se verá.

PEDRO ABUIN   Todo es visto. Hay que meter los ganados por Lantañón. ¡Hay que meterlos y venga lo que venga!

SEBASTIAN DE XOGAS   Pedro Abuín, no hay cordura donde falta prudencia. ¿Cuál viene a ser el consejo de nuestro Abad?

EL ABAD   Yo no he dado ningún consejo. Cada uno es libre de reclamar como mejor le cuadre, por la mala o por la buena.

RAMIRO DE BEALO   El Señor Mayorazgo, si le rogamos, mudará de idea. Hay que esperar una virazón de su genio.

DOÑA JEROMITA   Pues id a verle.

PEDRO ABUIN   Otros fueron y solamente sacaron malos textos.

EL ABAD   Pues yo iré y no me los dirá.

SEBASTIAN DE XOGAS   Por levantado que sea, tiene que respetar la corona.

EL ABAD   Me la arranco.

DOÑA JEROMITA   Muera el cuento.

EL ABAD   Jeromita, saca un jarro de vino para que estos amigos se refresquen. Yo voy a rezar mi breviario.

EL ABAD, signándose de prisa, y paseando a la sombra del muro, comienza el rezo canónico. La tropa de chalanes se reparte por el murete de la quintana, en espera del jarro de mosto. Era famoso el vino de la rectoral.

ESCENA QUINTA

El atrio de limoneros en el Pazo de Lantañón. DOÑA JEROMITA aparece sobre un borriquillo con jamugas, saltante al trote titiritero, bien repartido por los bastes el vuelo de su falda, y el manto con alfileres. BLAS DE MIGUEZ, el sacristán, que viene como espolique, azota el anca del borriquillo con una vara de verde avellano. Entran por el gran arca feudal con escudos y cadenas. La dueña pilonga descabalga en un poyo, tapándose las canillas, y el sacristán, con los brazos abiertos, está atento, sin tocarla, respetando aquella honesta pulcritud de abadesa.

DOÑA JEROMITA   ¡Jesús, mil veces!

EL SACRISTAN   ¡Solamente falta que nos echen los perros!

DOÑA JEROMITA   ¡No me sobresaltes!

EL SACRISTAN   Pues otra cosa no sacamos, Doña Jeromita.

DOÑA JEROMITA   Eso ha de verse.

EL SACRISTAN   Hay que considerar que venimos dos ovejas contra un lobo. ¡Dos cativas ovejas!

DOÑA JEROMITA   No me quites ánimo con esos romances.

EL SACRISTAN   Este era pleito para el Señor Abad.

DOÑA JEROMITA   Son genios iguales mi hermano y el Mayorazgo.

EL SACRISTAN   Pues ¡mismamente! A un fiero, otro fiero.

DOÑA JEROMITA   De un acaloro entre hombres, hasta puede sobrevenir un patíbulo.

EL SACRISTAN   ¡Si así se considera!...

DOÑA JEROMITA   Yo creo que me oirá el viejo Montenegro.

EL SACRISTAN   Para mi cuenta era mejor no haber venido, y esperar una virazón.

DOÑA JEROMITA   Pero en el ínterin no puedo dejar a mi sobrina bajo estas tejas.

EL SACRISTAN   Ni por mala ni por buenas entrega la paloma el Mayorazgo. ¡Como a hija la tiene!

DOÑA JEROMITA   La ley me ampara.

EL SACRISTAN   Se ríe de leyes el Vinculero.

DOÑA JEROMITA   ¡Jesús, mil veces!

SABELITA aparece por la sombra de los limoneros. Canta la nota popular y dramática del hábito morado, en la penumbra verde. Tiene la niña esa expresión triste que tienen las dalias en los floreros. Viendo a la dueña pilonga, corre a ella.

SABELITA   ¿Ocurre algo, mi tía?

DOÑA JEROMITA   ¿Nada sabes?

SABELITA   ¡Nada!

DOÑA JEROMITA   Te mandé un aviso.

SABELITA   Pues no ha llegado.

DOÑA JEROMITA   Vengo para llevarte. Disponte.

SABELITA   ¿Qué sucede?

DOÑA JEROMITA   A tu tío, cuando iba a encomendar un alma, se le opuso como un ángel rebelde el malvado Carita de Plata.

SABELITA   ¡Santísimo Señor!

DOÑA JEROMITA   Y vengo para llevarte.

SABELITA   ¿Mi padrino lo sabe?

DOÑA JEROMITA   Si lo sabe y lo consiente vamos a ponerlo de manifiesto.

SABELITA   ¿El tío cómo queda?

DOÑA JEROMITA   Hubo precisión de sangrarlo.

SABELITA   ¡Ay Dios! ¿Y me llevan para siempre?

DOÑA JEROMITA   Para siempre será, si tú padrino no contralleva la mala acción de ese Barrabás.

SABELITA   ¡Cara de Plata!... ¡Vena de loco! ¡Alma de trueno!

DOÑA JEROMITA   ¡Un condenado!

SABELITA   No es malo, aunque lo parece.

DOÑA JEROMITA   ¡Un réprobo!

SABELITA   Escuche mi tía: No se entreviste con el padrino.

DOÑA JEROMITA   ¿Qué recelas?

SABELITA   Vuélvase a la rectoral.

DOÑA JEROMITA   Y tú conmigo.

SABELITA   Tenga espera, mi tía. ¡No me lleve!

DOÑA JEROMITA   ¡Ya estás llorando! ¡Guardas a los tuyos menos ley que a estos Judas!

SABELITA   ¡Me criaron!

DOÑA JEROMITA   ¡Rebélate contra tu sangre! ¡Quédate!

SABELITA   ¡No me rebelo!

DOÑA JEROMITA   ¡Jesús, mil veces! ¡Seca esas lágrimas, no quiero verlas!

SABELITA   Acaso... No sé... Cara de Plata, si yo le hablase... Porque él no es malo.

DOÑA JEROMITA   ¡Perverso!

SABELITA   Pero ¿cómo le hablo?

DOÑA JEROMITA   ¡Jesús, mil veces! ¿Responde, niña, qué media entre vosotros?

SABELITA   ¡Nada!

DOÑA JEROMITA   ¿No es tu cortejo?

SABELITA   ¡Inventos!

DOÑA JEROMITA   ¿Lo jurarías?

SABELITA   ¿Para qué me pregunta, si luego no me cree?

DOÑA JEROMITA   ¿Y el propósito de mediar con ese descomulgado, qué representa?

SABELITA   Una idea que me acudió.

DOÑA JEROMITA   Tendrá algún fundamento.

SABELITA   Que desagraviase al tío.

DOÑA JEROMITA   ¿Esa esperanza tienes?

SABELITA   No sé.

DOÑA JEROMITA   ¿Tanto es tu influjo sobre ese Satanás?

SABELITA   ¡Pobre de mí! Me acudió esa idea.

DOÑA JEROMITA   ¿Sin fundamento?

SABELITA   Sin fundamento.

DOÑA JEROMITA   ¡Hazle la cruz, niña! ¡Hazle para siempre la cruz a ese malvado, y lo que tengas en el corazón sepúltalo bajo siete estados de tierra! Disponte a seguirme.

SABELITA   ¡Ay, mi tía, tenga espera!

DOÑA JEROMITA   ¡Y tú miramiento!

SABELITA   Todo puede arreglarse.

DOÑA JEROMITA   A eso vengo. ¿Dónde mora tu padrino?

SABELITA   ¡Ay, mi tía, no le hable, no le vea!

DOÑA JEROMITA   ¿Qué temes?

SABELITA   ¡Su genio altivo!

DOÑA JEROMITA   ¡No me sobresaltes!

SABELITA   ¡Mi padrino es un rey!

DOÑA JEROMITA   Pues yo seré una reina. Me veré con ese lobo cano, para saber si ampara la mala acción de su lobezno.

SABELITA   ¡Ay, mi tía, si está por llevarme, lléveme sin que me vea! ¡Sin que lo sepa!

DOÑA JEROMITA   ¡Jesús, mil veces! ¡Pronto mudaste! ¡Declara tu recelo!

SABELITA   ¡Pudiera oponerse!

DOÑA JEROMITA   ¡La ley me ampara! Me veré con tu padrino, y a sus palabras corresponderán mis procederes.

SABELITA   ¡El padrino!

DOÑA JEROMITA   Déjale llegar.

SABELITA   No cuestione, mi tía.

DOÑA JEROMITA   Ponte a mi vera.

EL MAYORAZGO, al salir por la puerta de su torre, se ha detenido en la gran sombra de piedra. BLAS DE MIGUEZ, el sacristán, salta y gime al flanco del linajudo, que le prende de una oreja con mofa feudal, cercado de perdigueros y galgos.

EL CABALLERO   Este chupacirios me ha traído una embajada.

EL SACRISTAN   ¡Por tu santo servicio lo hice, Jesús Crucificado!

DOÑA JEROMITA   ¡Entrometimientos, Blas!

EL SACRISTAN   ¡Ay, que me rachan la ropa los canes!

DOÑA JEROMITA   Por tener el pico largo.

EL SACRISTAN   ¡Quise evitar una guerra civil! ¡Ay, que la ropa los canes me rachan!

SABELITA   ¡Suéltele, padrino, que está espantado!

EL SACRISTAN   ¡Ay, mi ropa rachada!

EL CABALLERO   ¡Calla, maldito, que aún no te llegan a las carnes!

DOÑA JEROMITA   ¡Jesús, mil veces!

EL SACRISTAN   ¡Más me duele la ropa que las carnes!

EL CABALLERO   Eres un filósofo.

EL SACRISTAN   ¡Un pobre desamparado!

EL CABALLERO   Entra en la cocina y ampárate con un jarro de vino.

EL SACRISTAN   ¡Ay, mi ropa rachada!

EL SACRISTAN, renqueando, éntrase por el enlosado zaguán, y en la sombra sonora del arco, ríe con su ruda risa feudal el viejo MONTENEGRO.

DOÑA JEROMITA   ¡Qué genio fanático!

EL CABALLERO   ¿Cómo queda mi amigo el clérigo?

DOÑA JEROMITA   Con arrebato de sangre, pienso que lo sabe.

EL CABALLERO   Siempre ha sido en la mesa un templario.

DOÑA JEROMITA   ¡Jesús, mil veces! Otra causa motiva su achaque, y es el oprobio que le hizo un vástago de esta casa.

EL CABALLERO   Ya conozco ese pleito.

DOÑA JEROMITA   ¿Y cómo lo sentencia?

EL CABALLERO   ¡No puedo romper la vara de juez que me ha puesto en la mano el Diablo!

DOÑA JEROMITA   ¡Jesús, mil veces!

EL CABALLERO   No puedo dar ese mal ejemplo en mi casa.

DOÑA JEROMITA   Y da otros peores.

EL CABALLERO   ¡Conforme! Pero éste no puedo darlo.

DOÑA JEROMITA   ¡Jesús, mil veces! ¿Quiere decirse que sostiene la herejía de su rapaz?

EL CABALLERO   Estoy obligado.

DOÑA JEROMITA   ¿Sabe bien lo que hizo?

EL CABALLERO   Y lo lamento.

DOÑA JEROMITA   ¿Entonces por qué lo sostiene y rompe así las amistades?

EL CABALLERO   ¡Yo no las rompo! Pero tengo que llevar recta mi vara.

DOÑA JEROMITA   Tarde o temprano habrá de doblarla.

EL CABALLERO   No lo esperes. Conozco el propósito que traes. Sé a lo que vienes.

DOÑA JEROMITA   ¿Y qué dice?

EL CABALLERO   ¡Nada!

DOÑA JEROMITA   ¡Algo dirá!

EL CABALLERO   ¡Nada!

DOÑA JEROMITA   ¡No extrañará que le reclame la oveja de mi corte!

EL CABALLERO   No lo extraño.

DOÑA JEROMITA   ¿No se opondrá a entregármela?

EL CABALLERO   ¡No me opongo!

DOÑA JEROMITA   Puestas en discordia las familias, hasta por miramiento me cumple reclamar la sobrina. ¿No lo estima de esa conformidad?

EL CABALLERO   ¡Un rayo te parta!

DOÑA JEROMITA   ¡Jesús, mil veces!

SABELITA   ¡Adiós, piedras de Lantañón!

DOÑA JEROMITA   ¡Seca prontamente esas lágrimas!

EL CABALLERO   No llores, niña. Tú volverás, que el tiempo es mudanza.

DOÑA JEROMITA   Y muerte también.

EL CABALLERO   También.

DOÑA JEROMITA   Y castigo.

EL CABALLERO   ¡Acaso! Acércate, ahijada.

DOÑA JEROMITA   Bésale la mano a tu padrino, y vamos caminando.

EL CABALLERO   ¡No llores, niña! Comprende que no puedo torcer mi vara.

SABELITA   No la tuerza. ¡Adiós para siempre, padrino!

EL CABALLERO   Para siempre, no. Tú volverás.

SABELITA   ¡Quién sabe!

EL CABALLERO   ¡Si Dios no lo quiere, lo querrá el Diablo!

BLAS DE MIGUEZ sale por la puerta de la torre con un jarro de vino, borracho y bailando. La vieja pilonga se espanta en el ruedo de su falda, y renueva la risa el viejo linajudo, mientras halaga blandamente la cabeza de la niña, que se arrodilla para besarle la mano. En la penumbra verde de los limoneros, la nota morada es un grito dramático.

JORNADA SEGUNDA

ESCENA PRIMERA

Viana del Prior: fue villa de señorío, como lo declaran sus piedras insignes. Está llena de prestigio la ruda sonoridad de sus atrios y quintanas. Tiene su crónica en piedras sonoras, candoroso romance de rapiñas feudales y banderas de gremios rebeldes, frente a condes y mitrados. Viejas casonas, viejos linajes, pergaminos viejos, escudos en arcos, pregonan las góticas fábulas de la Armería Galaica. ¡Viana del Prior! Feria renombrada en la Octava del Corpus. Nunca faltan lusos y castellanos. Un campo verde con robledo. Velarios. Gentío. Ganados. Vistosos tendales. Portugueses talabartes, jalmas zamoranas, pardas estameñas. En las bayetas de los refajos cantan amarillos, verdes y granas. El azul en las calzas y en los recortes del sayo. Tenderetes de espejillos, navajas y sartales, fulgen al sol, y bajan en dos carreros por la cuesta enlosada con prosapia romana, y aun trasponen el arco que comunica la iglesia de un convento y un palacio. Bajo grandes parasoles tienen el tabanque tunos buhoneros que el barato y la suerte pregonan, y con arte gitana engañan a los maravillados aldeanos. Ciegos y lazarillos cantan sus romances.

UN PREGON ¡El Ciprianillo! ¡Libro para toda casa y persona!

OTRO ¡Sanguijuelas de la Limia! ¡Sanguijuelas!

OTRO ¡El zamorano! ¡Lienzos y mantas!

EL MARAGATO   ¡Mal rayo te parta, Lucero! ¡Soo!...

PICHONA LA BISBISERA ¡A cuarto la suerte! ¡Rosarios, naipes, verduguillos, alfileres! ¡A cuarto rabelo!

Frente al mesón, un labriego cetrino y endrino, con hábito de ermitaño, salmodia la confesión de su vida, si ahora penitente, antes disipada. Pecado, sangre y candor de milagro.

EL PENITENTE   ¡Mirad aquí el ejemplo de un calificado pecador, que por señales y presagios fue amonestado para que se apartase de la vida de juego y mujeres!

PICHONA LA BISBISERA ¡Agua de rosas para los ojos! ¡Petaquillas del presidio de Ceuta! ¡A la rueda del biribis, que a todos contenta! ¡Amigos, ya desconocéis a Pichona la Bisbisera! ¡A cuarto la suerte! ¡A cartiño rabelo!

EL CIEGO DE GONDAR   ¡Se cansa la boca de cantar! ¡Se cansa el pie de bailar! ¡Se cansa el hombre de picar en la misma mujer! ¡Y los ojos nunca cansos en su aquel de mirar y contemplar!

Sonora de feudo y espuela una tropa de seis jinetes, galanes achalanados, entra por la quintana y a la puerta del mesón descabalga. Son CARA DE PLATA y sus hermanos, DON PEDRO, DON ROSENDO, DON MAURO, DON GONZALO y DON FARRUQUIÑO, el menor de los seis, que luce tricornio y beca, perdurables divisas de los colegiales en el seminario de Viana del Prior. Con las varas golpean la puerta, y reclaman al mesonero. Acude la coima.

LA COIMA   ¿Qué se ofrece?

CARA DE PLATA   Apronta un jarro.

LA COIMA   ¿Del Rivero o de la tierra?

DON PEDRITO   Sea moro, y sea del infierno.

LA COIMA   Todo él es moro.

DON MAURO   ¡Un jarro de cada cual, Marela!

LA COIMA   Don Mauro falló el pleito.

DON ROSENDO   Sobra el de la tierra donde está el Rivero!

EL MARAGATO   ¡Buenos mostos, en Castilla!

DON PEDRITO   A los mostos castellanos los mata el gusto a la corambre.

EL MARAGATO   No lo cuento yo como tacha.

DON FARRUQUIÑO   Cada vino reclama su sacramento. Rueda blanco, propio para acompañar una tortilla de chorizos. Espadeiro de Salnés, bueno para refrescar en el monte, o en una romería o en un juego de bolos. Rivero de Avia, para las empanadas de lamprea y las magras de Lugo. Cada vino tiene su correspondencia en la vida, igual que todas las cosas. El mundo es armonía y concierto pitagórico. ¡Y nadie me rebata si no está ordenado de teólogo!

CARA DE PLATA   ¡Cómo se conoce que andas entre abades!

FUSO NEGRO, con su media sotana hecha jirones, al sol una nalga y el bonete lleno de guijarros, blasfema y dogmatiza en el atrio de la iglesia.

FUSO NEGRO   El mundo está para acabarse. ¡Talmente finalizado! ¿Para qué mudar de costumbres y echarse nuevos cargos? Pero ¡me hacían obispo! Hay pocos teólogos, y los pocos que hay, amancebados.

EL CIEGO DE GONDAR   ¡Se cansa la boca de comer! ¡Se cansa el cuerpo de dormir! ¡Solamente los ojos no son cansos en su aquel de mirar!

DON MAURO MONTENEGRO, un gigante bermejo y atrabiliario, sale del mesón contando dineros. Para abravar su figura se conciertan pica vaquera, espuelas y galgos.

DON FARRUQUIÑO   ¿Hay juego dentro?

DON MAURO   Un burlote.

CARA DE PLATA   ¿Quién tira?

DON MAURO   El abad de Lantañón.

CARA DE PLATA   Voy a coparle.

DON MAURO   Tú le has hecho volver del camino, pero no le harás tirar una sota cargada.

CARA DE PLATA   Voy a coparle.

DON FARRUQUIÑO   Es un taumaturgo barajando.

EL MARAGATO   Juega leal, pero la suerte le favorece.

DON FARRUQUIÑO   Tira siempre la descargada con dialéctica escolástica.

DON PEDRITO   Supiera Teología como sabe amarrarlas...

EL MARAGATO   No lo he visto, y estuve reparándole como barajaba.

CARA DE PLATA   ¡Voy a coparle!

DON PEDRITO   Todos levantamos una parte. Es dinero de mi padre.

PICHONA LA BISBISERA Señor Carita de Plata, mérqueme alguna cosa. Esta gargantilla, que no le faltará a quien regalarla.

CARA DE PLATA   Para ti es, y no te la pago.

Con las tazas del vino en la mano, penetra en el mesón la tropa de MONTENEGRO. CARA DE PLATA queda un momento suspenso en la puerta, oyendo al mozo penitente y al maragato.

PENITENTE Del demonio revestido, dejé la casa de mis padres y salí a correr mundo. Me junté con malas compañías. Llevé el juego fullero por las ferias, y con una mujer de mala vida pasé mis escándalos. ¡Por muchos caminos fui llamado! ¡Por muchos signos amonestado!

EL MARAGATO   ¡Anda, aparenta cuentos, que con la industria del hábito holgazaneas, y de engaños vives como el Real Gobierno!

PENITENTE Hago penitencia por mi salvación.

CARA DE PLATA   ¿De qué eres reo?

PENITENTE De muerte. ¡Peor que Caín! ¡Tuve el hacha suspendida sobre la cabeza de mi padre!

CARA DE PLATA   ¿Mataste a tu padre?

PENITENTE Espantado de verme, cayó fulminado. ¡Maté a mi padre con el aire del hacha! ¡Bastó mi saña para matarle! Me criaron mis padres con el vicio del hijo único, donde fue la mayor causa de mi perdición. Salí a mozo desenfrenado.

CARA DE PLATA   ¿Cómo te llamas?

PENITENTE ¡Maldito me llamo! ¡Mala intención! ¡Mal pensamiento! ¡Negro Infierno! ¡Reo de Satanás!

CARA DE PLATA   Embustero.

Gracioso en el desagravio, deja una moneda de plata en la mano del pordiosero, al tiempo que la palabra en el aire. Y entra por el mesón con gentiles pasos, llevándose al hombro las jalmas del caballo.

FUSO NEGRO   Celos con rabia a la puerta de la casa. Matas a tu padre y libras del verdugo. ¡Touporroutou! Ese sí que es milagro del diablo. ¿Tenéis conocimiento? ¡Bueno! ¿Te saludas con ese sujeto? Ahora está publicado su gobierno sobre el mundo. El clero lo pasará mal, y las putas beatas, todas en camisa irán a una hoguera.

EL MARAGATO   ¡Si no repelan al Diablo!

FUSO NEGRO   ¿Sabes quién soy? ¿Los estudios que tengo? ¿Te pones conmigo? ¡No te pongas que saldrás perdiendo! ¡Todo anda mal! El mundo visto es como está descaminado. Entre un viernes y martes se escachiza en mil pedazos.

UN PREGON   ¡El Ciprianillo! ¡Libro para toda casa y persona!

OTRO   ¡Sanguijuelas de la Limia! ¡Sanguijuelas!

PICHONA LA BISBISERA ¡Agua de rosas para los ojos! ¡Petaquillas del presidio de Ceuta! ¡A la rueda de la biribis que a todos contenta! ¡A cuarto la suerte! ¡A cartiño rabelo!

ESCENA SEGUNDA

Un huerto con parral, a espaldas de la venta. Trajinantes, arrieros, maragatos, chalanes y rufos clérigos, en una rinconada, tiran al naipe, el juego clásico de las ferias españolas, gallos y albures que dicen los doctos.

EL ABAD DE LANTAÑON ¡As en puerta!

EL INDIANO Horita quebró juego. Se daban judías.

UN CHALAN ¡No he visto eso!

DON FARRUQUIÑO   ¿Quién tenía el corte?

PEDRO ABUIN   Yo lo tenía. ¿Qué se ofrece?

DON FARRUQUIÑO   ¡Benditas tus manos!

PEDRO ABUIN   ¿Gana usted?

DON FARRUQUIÑO   ¡Indulgencias!

El Abad, lento y socarrón, apila los dineros, peina el naipe y lo pone al corte. DON MAURO tiende su brazo de gigante, y el clerigote queda mirándole, con la mano sobre las cartas.

EL ABAD   Lo tiene pedido el capellán de Lesón.

EL CAPELLAN   Se lo cedo a Don Mauro.

EL INDIANO ¡Qué jueguecito, ché! ¡Recién quebró con el rey! ¡Cabrón!

EL VIEJO DE CURES   Ya lo dijo el refranero: Con maricones y putas, no te metas en disputas. Por sota y rey nunca jures, ni tu dinero aventures.

DON MAURO, soberbio y callado, asesta los ojos sobre el naipe y juega su dinero en un rey. EL ABAD acastillado y enjuto, la nariz torcida, la boca dibujada como una boca de piedra, corre la pinta y oficia dramático y lento.

DON MAURO   Me quedo a la luna si ese rey me falla.

DON FARRUQUIÑO   ¡Que te falla!

DON MAURO   Pues en él voy.

CARA DE PLATA   ¿Qué hay en el monte, Señor Abad?

EL ABAD   ¡Desalmado!

CARA DE PLATA   ¿A cuánto sube?

EL ABAD   No respondo a preguntas impertinentes.

EL ABAD habla oscuro, entornando los ojos. Tiene vuelta sobre el tapete la baraja, y encima cruzadas las dos manos.

CARA DE PLATA sonríe, rubio y bello, apoyado en la pica vaquera, al hombro las jalmas cantándole alegres.

CARA DE PLATA   ¡Señor Abad, con lo que yo le quiero!

EL ABAD   ¡Tengo los ejemplos!

CARA DE PLATA   Dígalo el venir a dejarle las vacas paternas. Treinta onzas portuguesas.

EL ABAD   Estás demente.

CARA DE PLATA   Quiero que tenga usted de mí un buen recuerdo.

EL ABAD   ¡Desalmado!

CARA DE PLATA   ¿Va usted a ganarme las treinta portuguesas? Yo se las juego.

Audaz y alegre, el hermoso segundón arroja sobre la mesa una bolsa sonora de oro. El tonsurado la sopesa.

EL ABAD   ¿Están aquí?

CARA DE PLATA   Contarlas puede.

EL ABAD   No te admito la jugada. Tienes la leche en los labios.

CARA DE PLATA   No es la edad lo que se tercia.

EL ABAD   ¡Réprobo!

CARA DE PLATA   Tire usted.

EL ABAD   Voy a complacerte.

CARA DE PLATA   Las treinta onzas en la doble, matando la pinta de espadas.

DON MAURO   Mi carta es el rey.

EL ABAD   ¡Juego! Rey en puerta.

EL INDIANO Estaba oyéndonos el pendejo.

CARA DE PLATA   Palo de espadas. No pierdo ni gano. Sigo en iguales jugando el blanquillo.

DON MAURO   Recuerda al oráculo de Cures: Con maricones y putas no te metas a disputas.

CARA DE PLATA   Allá veremos.

EL ABAD   Aún estás a tiempo de retirarte.

DON FARRUQUIÑO   ¡Cátalo visto! El rey de copas.

CARA DE PLATA   Esa maldita baraja no tiene más que reyes.

EL ABAD   Advertido estabas. No dirás que te robo los dineros...

DON MAURO   Quien eso dice soy yo. Tiene usted la baraja amarrada y tira el pego.

EL ABAD   ¡Insolente atrabiliario!

DON MAURO   ¡Ladrón!

El rojo gigante levanta la bolsa de las treinta portuguesas, y la rueda de jugadores se apasiona y revuelve. Tiene un acento dramático, una ruda correspondencia de voces y ademanes. El tonsurado saca un pistolón. CARA DE PLATA se interpone y arrebata a su hermano la bolsa.

CARA DE PLATA   Ganó el Abad.

DON MAURO   Con trampa.

EL ABAD   Goliat, que te abraso.

DON MAURO   ¡Tahúr!

EL ABAD   ¡Judas!

DON MAURO restalla su vara. El fogonazo de un tiro, charamuscas del taco, olor de pólvora, ladridos, denuestos, espantos.

DON MAURO pelea por desasirse entre clerigotes y chalanes que le amonestan y traban. EL ABAD con la sotana rota y la pistola humeante, caminando de espalda, pega con la puerta del huerto y escapa. Repentinamente se aclara el tropel. CARA DE PLATA tiene en la frente el rasguño rojo de una bala, y todo un lado del rostro, negro del fogonazo. Se lava con vino, y sus hermanos, con sorda brama, hacen rueda mirándole.

ESCENA TERCERA

La verde quintana de San Clemente de Lantañón, con la rectoral al flanco, y su ABAD negro y escueto, que despide a tres viejos ceremoniosos sobre la solana de dorados sillares, regalada y monástica. Capas largas, varas y monteras, los tres viejos se vuelven con un mismo compás y hacen su genuflexión en la verde Quintana.

EL ABAD   ¡Dios os acompañe!

SEBASTIAN DE XOGAS   ¡Con saludiña se mantenga!

EL VIEJO DE CURES   ¡Y el Rey del Cielo nos libre a todos de coléricos y soberbios!

EL DIACONO DE LESON   ¡Faltan leyes!

EL ABAD   Y sobran malos jueces.

EL VIEJO DE CURES   ¡Y con ser tan malos, a cuántos pícaros no mandan a la horca! Dejemos el renegar de jueces y sentencias para aquel que no labra un mal ferrado de pan.

EL ABAD   Caso de ser llamados a declaraciones...

EL DIACONO DE LESON   Que no lo seremos...

EL ABAD   Si el caso llega...

SEBASTIAN DE XOGAS   Si llega... ¡Ninguna cosa hemos presenciado!

EL DIACONO DE LESON   ¡Por mi parte, a lo menos, nada he visto!

EL VIEJO DE CURES   ¡Ni tampoco se pasó cosa que pudiéramos ver!

EL DIACONO DE LESON   Esa es la máxima: Ninguna cosa sabemos, ni hemos visto cosa ninguna.

EL VIEJO DE CURES   Con declarar la verdad, no hay pleito.

EL ABAD   Escribanos y alguaciles no quiero que por la puerta me vengan.

SEBASTIAN DE XOGAS   La Curia es la peor ralea.

EL DIACONO DE LESON   Va la ley do quiere el Rey.

SEBASTIAN DE XOGAS   Y gobierna el de oros. En el día se llama rey la moneda.

EL VIEJO DE CURES   ¡Abade, con Dios le dejamos!

SEBASTIAN DE XOGAS   ¡Celebrando no pase el caso a papeles!

EL DIACONO DE LESON   ¡Montenegros! ¡Bárbaros selváticos!

Se alejan con esta plática dorada de latín, como las piedras de la quintana. Ya son idos, y grazna EL SACRISTAN, que hace la corneja, acechando el ocaso en el arco de las campanas.

EL SACRISTAN   ¡El tiempo no tiene duda!

EL ABAD   Aquellas nubes...

EL SACRISTAN   Aquellas se van. Tiempo bueno y seguro.

EL ABAD   Baja a ponerme sanguijuelas, Blas.

La hermana y la sobrina del clérigo mueven el huso, y en banquillos parejos, sentadas frente a frente, ocupan el quicio de una puerta y gozan de la solana.

DOÑA JEROMITA   ¡Mala ganancia nos trae ese Lucifer!

SABELITA   ¡Alma de trueno!

EL ABAD   ¡Baja, Blas!

EL SACRISTAN   ¡De cabeza bajo! Sabelita, carabel hermoso, mañana cuadra la Misa en San Martiño. ¿Mientras queda un rabo de tarde, quieres llegarte, paloma, a poner paños en el altar y renovar la cera?

DOÑA JEROMITA   ¿También la cera?

EL SACRISTAN   Se va con el aire.

DOÑA JEROMITA   ¡Aire excomulgado, que siempre derramas la vela y nunca jamás la apagas!

SABELITA   ¿Dónde guardan ahora la cera?

DOÑA JEROMITA   En el arca de las tías Pedrayes.

EL ABAD pasea de un lado al otro, barullando latín sobre el breviario, negro y escueto en la sotana. Cruza la sobrina con el manojo de cera terciado en los brazos, al abrigo de la mantilla.

EL ABAD   ¿Adónde vas?

SABELITA   A Freyres.

EL ABAD   No te coja la noche.

DOÑA JEROMITA   Date prisa.

EL ABAD   ¡Me arranco el alzacuello si no le pongo la ceniza en la frente a esa casta soberbia!

DOÑA JEROMITA   No se acalore, hermano.

EL ABAD   ¡Llevaba el libro de rezos para encomendar un alma, y podía haber llevado la Eucaristía!

DOÑA JEROMITA   ¡Qué espanto!

EL ABAD   ¡Y qué sacrilegio!

DOÑA JEROMITA   ¡Montenegros! ¡Almas negras! ¡Pedernales!

BLAS DE MIGUEZ sale por la puerta de la sacristía sonando un llavero. —BLAS DE MIGUEZ, hombre de cuentos y mentiras, la cara de sebo rancio, la boca larga, la encía sin dientes, muy repelado de las cejas, los ojos tiernos, un gran bellaco aquel sacristán de San Clemente. —Sobre la escalera de la solana, el tonsurado le recoge las llaves.

EL SACRISTAN   ¡Montenegros! ¡Lobos fieros!

EL ABAD   ¡Yo lo soy más!

EL SACRISTAN   ¡Mucho hay que serlo!

EL ABAD   Al cabo humillarán la cabeza, y si no la humillan, condenados al infierno.

EL SACRISTAN   Ya lo están.

EL ABAD   Lo estarían con dobles cadenas.

DOÑA JEROMITA   ¡Cadenas de llamas y de serpientes!

De cara a la iglesia, un jinete viene galopando. Resalta por negro sobre el sol poniente. DOÑA JEROMITA, alzándose del banquillo, con los brazos en aspa, cacarea una escala de espantos.

DOÑA JEROMITA   ¡El malvado!

EL ABAD   ¡Busca que me pierda!

EL SACRISTAN   ¡Tres noches llevo soñando con jureles asados!

DOÑA JEROMITA   Y la sobrina sin recogerse.

EL SACRISTAN   A prevenirla me alargo.

EL SACRISTAN, arraposado y medroso, salta por el muro al camino, la cabeza vuelta para inquirir lo que se pasa en la quintana. Torcido el bonete, escueto y ensotanado, el clérigo se mete por una puerta, y asoma, apuntando con el trabuco, en el ventano del fayado.

EL ABAD   Soberbio Absalón, sigue tu camino. ¡Mira que te encañono y te mando al infierno!

CARA DE PLATA   ¡Señor Abad, que vengo de paces!

EL ABAD   ¡Réprobo! No hay paces con mala conciencia.

CARA DE PLATA   ¡Que le traigo la bolsa con los treinta dineros!

EL ABAD   Alguna perversa intención encubres.

CARA DE PLATA   Hacer méritos para ganar el cielo. Señor Abad, baje el trabuco y tenga las treinta portuguesas.

EL ABAD   ¡No las quiero! ¡Guárdalas y con ellas te condenes!

CARA DE PLATA   ¡Señor Abad, no maldiga y demos por muerto el pleito!

EL ABAD   ¡Ese manso hablar no te sale del corazón! ¡De tus intenciones reniego!

CARA DE PLATA   ¡Señor Abad, reciba su ganancia y convide con un jarro de vino!

DOÑA JEROMITA   ¡Vete de nuestra puerta, Satanás! ¡Arrédrate, enemigo malo, que te haces el humilde para robar la flor de una doncella! ¡Vete de aquí! ¡Espántate! ¡No tientes la virtud, Satanás!

CARA DE PLATA   ¡Un rayo me parta si no entro en la casa y me llevo en el caballo la prenda que me niega!

EL ABAD   ¡Soberbio Tarquino, sigue vereda y no busques que te mate!

CARA DE PLATA   ¡Señor Abad, que le parta un rayo! Ahí va la bolsa. ¡Una! ¡Dos! ¡Tres!

Levantado en los estribos, el hermoso segundón revuelve el brazo y arroja la bolsa al ventano donde asoma el cornudo bonete. Como un pájaro negro va la bolsa por el cielo nocturno, y el tonsurado la recoge con hosco bramido, sacando fuera los brazos de sombra.

EL ABAD   ¡Vuelve soberbio! ¡Toma tu bolsa! ¡Si eres altivo, yo lo soy más! ¿No vuelves? ¡Al camino la tiro! ¡Al camino va! ¡En el camino se queda! ¡Vuelve a recogerla, bárbaro! ¡Diez mil reales! ¡Así te condenes, verdugo!

DOÑA JEROMITA   ¡El mundo se acaba!

EL ABAD, palpitando con ronca brama, arroja la bolsa al camino, por donde, al galope de su caballo, se aleja CARA DE PLATA. DOÑA JEROMITA cae de rodillas abriendo los brazos, y el bonete espanta sus cuatro cuernos en el ventanuco.

Huerto de luceros la tarde, y entre cuatro cipreses negros, las piedras románicas de San Martiño de Freyres. Son remotas lumbres las cimas de los montes, y las faldas sinfónicas violetas. Pasa el rezo del viento por los maizales ya nocturnos, y se están transportando a la clave del morado los caminos que aún son al crepúsculo almagres y cadmios. San Martiño de Freyres, por la virtud crepuscular, acendra su karma de suplicaciones, milagros y cirios de muerte. Manos de mujer encienden la lámpara del presbiterio. Vuela asustada una lechuza. SABELITA, en sombra, aparece bajo la lámpara, y en la puerta, refrenando el caballo, CARA DE PLATA.

CARA DE PLATA   ¡Isabel!

SABELITA   ¡No me hables!

CARA DE PLATA   Levanta los ojos para mi.

SABELITA   No quiero mirarte.

CARA DE PLATA   ¿Tanto me aborreces?

SABELITA   ¡Espanto me das!

CARA DE PLATA   ¿Sabes de dónde vengo?

SABELITA   De alguna obra mala.

CARA DE PLATA   De brindarle las paces a tu tío.

SABELITA   Eres tú muy soberbio para ello.

CARA DE PLATA   Soy más enamorado.

SABELITA   ¡Tarde del amor acordaste! ¿Y mi tío, a tus paces, qué ha respondido?

CARA DE PLATA   El trabuco sacó de la sotana como si fuese un Santo Cristo.

SABELITA   ¡Lástima no haberte matado!

CARA DE PLATA   ¿Por qué quieres vestirte de luto?

SABELITA   ¡Me vestiría de grana!

CARA DE PLATA   ¡Embustera! ¡Isabel, bodas sellan paces!

SABELITA   ¡Las cruces te hago!

CARA DE PLATA   ¡Por el asilo de la iglesia no te prendo ahora por la cintura y te llevo robada sobre mi caballo!

SABELITA   ¡Pirata!

CARA DE PLATA   ¡Isabel, adiós!

SABELITA   ¡Adiós, Carita de Plata!

Entra FUSO NEGRO, con el bonete lleno de piedras, por la puerta de la sacristía, y se extingue el sonoro galope con que se aleja CARA DE PLATA.

FUSO NEGRO   ¡Touporroutou! Juntando para una casa. ¡No bastan siete mil bonetes! ¡No bastan! ¡Si bastasen! Tengo que hacerme la casa, y prontamente: Me viene una moza embarcada de América. ¡Touporroutou! ¡La tengo preñada! Aún no la he visto y trabajo todas las noches con ella. Pecamos a las escuras. ¡Hay que pecar! ¡El que no peca se condena!

SABELITA   Respeta la Iglesia, Fuso Negro.

FUSO NEGRO   Ya la respeto. Espera que tenga la casa levantada, y nos ajuntamos. ¡Touporroutou! A la otra tengo preñada: Trae en el bandullo treinta y siete varones y treinta y siete hembras. Esta noche voy en el caballo del viento, trabajo contigo y a ella la degüello.

SABELITA   ¡Fuso Negro, no me asustes! ¿Qué quieres aquí?

FUSO NEGRO   Mirarte.

SABELITA   ¡Vete!

FUSO NEGRO   ¿Me das para un vaso?

SABELITA   ¡Vete!

FUSO NEGRO   Si no me das para un vaso, enséñame las piernas.

SABELITA   ¡No me asustes, Fuso Negro!

FUSO NEGRO   ¡Touporroutou! ¡Ay, canela! ¡Dame para un vaso!

SABELITA   No tengo.

FUSO NEGRO   ¡Qué buena idea, de mala idea, soltar el vino todo que hay en el mundo, todo a correr en una fuente de cien mil tornos! ¡Qué idea más buena! ¡Y que las vacas, en vez de bostas, vertiesen panes por bajo del rabo! ¡Otra buena idea! Pero ¡de mérito! Todo anda mal. El mundo va descaminado. Yo sé el remedio, y otros lo saben: Ninguno lo declara. Al primero que hable, cuatro tiros, mandamiento del cabrón Gobierno. Satanás podía gobernar el mundo a satisfacción de unos y otros. ¡Touporroutou! Siendo, como es, tan lagarto, podía darse con todos la lengua.

SABELITA   ¡Respeta la Iglesia! ¡Vete que me asustas, Fuso Negro!

FUSO NEGRO   Reinando Satanás, las mujeres andarían en cueros. De punta de viernes a punta de viernes, beber y comer con fornicamento. Mal gobernado, el mundo, sería algo de mérito. ¡Cara bonita, amuéstrame las piernas!

SABELITA   ¡Vete!

FUSO NEGRO   No quiero.

SABELITA   ¡Vete, o doy voces!

FUSO NEGRO   ¡Amuéstrame las piernas, puñela!

SABELITA   ¡No me asustes, Fuso Negro!

FUSO NEGRO   ¡Touporroutou! ¡Qué blanca eres! ¡Dame una vicada, concho!
¡Madre Santísima, que virgo tienes!

En el románico pórtico, bajo los santos de piedra, el fálico triunfo, la risa en baladros,
los ojos en lumbre, la greña frenética. SABELITA, con un grito, invoca al lejano
caminante de los caminos crepusculares.

SABELITA   ¡Socorro!

FUSO NEGRO   Concho, que te como la lengua.

SABELITA   ¡Socorro!

Imprecador y violento, por el muro del atrio salta impensadamente un negro jinete, y el
loco se revuelve bajo las herraduras, greñudo y espantable, como los moros del Señor
Santiago. Después, convulsa y blanca, levantada en el arzón, la niña desmaya la frente
sobre el hombro del CABALLERO.

SABELITA   ¿Padrino, adónde me lleva?

EL CABALLERO   ¡Conmigo para siempre!

SABELITA   ¡Para siempre!...

En el camino, una vieja halduda se aparta casi bajo las patas del caballo, y se hace la
cruz.

Ventorrillo sobre un ribazo atalayando el mar y los faros lejanos, que se encienden y se apagan con el ritmo de las estrellas. Ventorrillo de Ludovina. Medio postigo alcahuete entorna sobre el camino la luz del zaguán tabernero. Un quinqué de latón, rajado el tubo y el cuerno de la luz amarillo y negro, alumbra colgado sobre el mostrador que rezuma olores de vino y aguardiente. Detrás, pueblan el sórdido anaquel velas de sebo y serones de higos, botillería, especies y tachuelas.

LUDOVINA dormita tras el mostrador, con el gato en la falda. Resuena a lo lejos por el camino el paso de un caballo. PICHONA LA BISBISERA saca la cabeza y el hombro desnudo, por la cortinilla gaitera de una puerta muy pequeña con tres escalones de cadalso. Saltó el gato del regazo de LUDOVINA. PICHONA se oculta y cierra. En el camino está un jinete. LUDOVINA abre los ojos nublados de sueño, y se mete por la puerta de la taberna CARA DE PLATA. El hermoso segundón, pálido, adementado y bello, encorvado sobre la silla aún tocaba el techo con la cabeza.

LUDOVINA ¡Madre Santísima!

CARA DE PLATA   Un vaso de aguardiente.

LUDOVINA ¡Así me entierren, si al entrar le reconocí!

CARA DE PLATA   ¡Así te entierren!

LUDOVINA ¿Y la nube de los otros truenos, por dónde rueda?

CARA DE PLATA   No sé.

LUDOVINA Tienen encargada una empanada.

CARA DE PLATA   ¡Con ella revienten!

LUDOVINA Si piensa demorar, ate la bestia fuera.

CARA DE PLATA   Está sudada.

LUDOVINA Tengo que cerrar. Imponen ese miramiento unos que arriba tienen la jugueta. ¿Usted no es amigo de probar la suerte?

CARA DE PLATA   Otra copa.

LUDOVINA Si en amores es afortunado, no lo será en el juego.

CARA DE PLATA   ¡Llevo conmigo la negra!

LUDOVINA ¡Refrene la bestia, conia! Si se le espanta, me hace cachizas el furricallo.

CARA DE PLATA   Probablemente. ¿Quién ríe tras esa puerta?

LUDOVINA Quien tiene boca.

CARA DE PLATA   ¿Es una mujer?

LUDOVINA   No la vi en cueros.

CARA DE PLATA   ¿Por qué se esconde?

LUDOVINA   Será recelo.

CARA DE PLATA   ¿Es algún virgo?

LUDOVINA   ¡Señor Carita de Plata, los virgos y el buen vino se acabaron en este quintero!

CARA DE PLATA   Lléname la copa.

LUDOVINA   Van tres. ¿No le da vueltas la cabeza?

CARA DE PLATA   ¡El mundo me da vueltas! Lléname la copa.

LUDOVINA   No se la lleno.

CARA DE PLATA   ¡Me está molestando esa cortinilla alcahueta!

LUDOVINA   No la mire.

CARA DE PLATA   ¿Quién está dentro?

LUDOVINA   Un escorpión.

CARA DE PLATA   Voy a sacarlo de las orejas.

LUDOVINA   ¡Madre Santísima, balda y tulle a éste ante Cristo!

CARA DE PLATA vuelve en corveta el caballo. Lucen un momento las herraduras en la sombra del zaguán, y sonoras y bárbaras caen sobre la escalerilla de cadalso. PICHONA, en justillo y zagalejo, sale por un lado de la cortinilla. Sobre los hombros desnudos, nácares y leche, tuerce el pico una pañoleta.

PICHONA LA BISBISERA ¿Qué se ofrece?

CARA DE PLATA   Verte la cara.

PICHONA LA BISBISERA Poco que ver tiene.

LUDOVINA   ¡Hace más daño que una nube de piedra!

CARA DE PLATA   Ven a beber una copa, Pichona.

PICHONA LA BISBISERA Dispénseme.

CARA DE PLATA   Bebe, o te bautizo.

PICHONA LA BISBISERA ¡Está bueno! ¡No se enfade, Señor Carita de Plata! ¡Venga la copa! A la salud de usted y del amor que tiene oculto.

CARA DE PLATA   No es amor.

PICHONA LA BISBISERA   ¡Serán celos!

CARA DE PLATA   Otras copas, Ludovina.

PICHONA LA BISBISERA   Para usted solamente.

CARA DE PLATA   Y para ti.

PICHONA LA BISBISERA   Yo más no bebo.

CARA DE PLATA   ¡Bebe!

PICHONA LA BISBISERA   Ya la cabeza me da vueltas.

CARA DE PLATA   ¡Bebe!

PICHONA LA BISBISERA   ¿Tú qué dices de la fuerza que me hacen, Ludovina?

LUDOVINA   ¡Que bebas y que te alegres!

PICHONA LA BISBISERA   Buena ayuda me prestas contra este rey moro.

CARA DE PLATA   Esta noche vas a bailar en camisa.

PICHONA LA BISBISERA   ¡En todo sale usted Montenegro!

CARA DE PLATA   ¡Bebe!

PICHONA LA BISBISERA   Por complacerle.

CARA DE PLATA   ¿Es divertida tu vida, Pichona?

PICHONA LA BISBISERA   ¡Correr caminos! Divertida conforme al pensamiento que cada uno lleve.

CARA DE PLATA   ¿Qué pensamiento es el tuyo?

PICHONA LA BISBISERA   No mirar atrás, Señor Carita de Plata, y tener en el bolsillo una peseta.

CARA DE PLATA   ¿Quieres que nos juntemos para correr mundo?

PICHONA LA BISBISERA   Aún cuando le parezca mentira, alguno me lo tiene propuesto. ¡Alguno que no hablaba de burlas!

CARA DE PLATA   Decídete, y llevamos juntos el boliche.

PICHONA LA BISBISERA   ¿Va usted a poner mucho dinero?

CARA DE PLATA   El que tú me prestes.

PICHONA LA BISBISERA   ¡Entonces qué me trae!

CARA DE PLATA   Mi buena compañía.

PICHONA LA BISBISERA ¡Ay, qué divertido!

CARA DE PLATA   ¡Doy lo que tengo!

PICHONA LA BISBISERA Y lo recibo mejor que una lotería.

CARA DE PLATA   Te pasearé por las ferias a la grupa de mi caballo.

PICHONA LA BISBISERA Yo no soy mujer para ir a su lado.

LUDOVINA tras el mostrador cabecea, y en el ruedo de la falda, el gato con los ojos en ciernes, sopla un ronquido sobre los bigotes. PICHONA ríe con lumbres en el rostro, y ajusta sobre los hombros la pañoleta. CARA DE PLATA le hunde una mano en los pechos. LUDOVINA, restregándose los ojos, se mete por una puerta.

CARA DE PLATA   ¿Para qué eres tú mujer?

PICHONA LA BISBISERA ¡No comience!

CARA DE PLATA   Están duros.

PICHONA LA BISBISERA Déjelos.

CARA DE PLATA   ¿Para qué eres tú mujer?

PICHONA LA BISBISERA Puede comprenderlo.

CARA DE PLATA   Pues no lo comprendo.

PICHONA LA BISBISERA Soy mujer habiendo interés, para que me visite un día, y un año, si le dura tanto. Para gastarme contigo una onza, si la tengo. Pero que lo publiques, no lo apruebo.

CARA DE PLATA   ¿Por qué te escondiste cuándo entré?

PICHONA LA BISBISERA Por no cegar.

CARA DE PLATA   Dame un beso.

PICHONA LA BISBISERA Aquí, no. En mi buratiña de Cures. Si va alguna vez, pondré para recibirlo sábanas con puntillas.

CARA DE PLATA   No te vas sin bailar un fandango.

PICHONA LA BISBISERA Aquí es pecado.

CARA DE PLATA   Ludovina, otras copas para que ésta baile.

PICHONA LA BISBISERA Señor Carita de Plata, no me haga beber, que con el sol de todo el día, ya tengo loca la cabeza.

CARA DE PLATA   Bebe para bailar.

PICHONA LA BISBISERA Bailaré si eso le contenta.

CARA DE PLATA   Nada me contenta.

PICHONA LA BISBISERA ¡Tesorín!

CARA DE PLATA   ¡Que te lleve el diablo!

CARA DE PLATA, encorvándose sobre la silla, de un bote sale al camino y desaparece en la noche. PICHONA y LUDOVINA, que vuelve, se miran y sonríen con el gesto pícaro de un mismo pensar secreto.

PICHONA LA BISBISERA Me voy, que aún llego con luna a mi burata de Cures.

LUDOVINA ¿Quién te espera?

PICHONA LA BISBISERA El gato me espera.

LUDOVINA No me contaste si había estado rumboso el Indiano.

PICHONA LA BISBISERA ¡Un machacante!

LUDOVINA ¡Muchos iguales!

PICHONA LA BISBISERA ¡Condenado beato, qué miedo tiene a la muerte! Viró la color de la cera por que le señalaba el tres de copas contrapuesto con el siete, que son médicos.

LUDOVINA ¿Le has leído las cartas?

PICHONA LA BISBISERA Quiso que se las leyese.

Se iba PICHONA. Hablaba ya encapuchada con el mantelo. Cubre el luar de la puerta su figura negra. Y al pisar el umbral, se espanta. Por el camino, en una ráfaga de violencia, ha cruzado un jinete, una negra centella que hace santiguar a la moza del biribis.

LUDOVINA ¡Pichoneta, va desbocado el caballo!

PICHONA LA BISBISERA ¡Lo parece! ¡Todo el camino es lumbres!

LUDOVINA ¿Quién va montado?

PICHONA LA BISBISERA ¡Un hombre con una mujer desmayada!

LUDOVINA ¡Madre de Dios!

PICHONA LA BISBISERA ¡Arrenegado sea el pecado!

LUDOVINA ¿A ninguno reconociste?

PICHONA LA BISBISERA No quiero condenarme. El Vinculero me ha parecido.

LUDOVINA ¡Viejo más gallo!

PICHONA LA BISBISERA ¡Si el padre y el hijo se encuentran!

ESCENA SEXTA

La rectoral. A la luz de un velón, el zaguán encalado y desguarnido, con arcas antañonas y negra viguería. Pasea el tonsurado: Trabuco, sotana, bonete. Los reflejos del velón llenan de aladas inquietudes las paredes, y en el temblor de la luz y a sombra se hace visible el viento sobre las lívidas cales. Colgado de un clava baila el solideo, y solfea sobre el arcón de los diezmos la cola de un perrillo que runfla y bosteza. La Quintana, silenciosa y nocharniega, se prolonga por el vano de la puerta, y en el claro de luna, con los brazos abiertos, se espanta la vieja pilonga hermana del ABAD. Estremece e viento la llama del velón, y calca su negro baile en la pared la borla del solideo.

EL ABAD   ¿Vuelve ese Satanás?

DOÑA JEROMITA ¡El rabo!

EL ABAD   ¡Un rayo le parta!

DOÑA JEROMITA ¡Y la bolsa luciendo en el camino! ¡Jesús, mil veces!

EL ABAD   ¡Así se vea pidiendo limosna ese altanero!

DOÑA JEROMITA ¡Hay otro que se pasa de altanero, y es usted, mi hermano! ¡A mi me entierra! ¡Se llevará la bolsa el primero que pase! ¡La declara la luna malvada!

EL ABAD   Deja esos rezos y métete adentro, que quiero echar la llave

DOÑA JEROMITA ¡Luna sin ansias, ya podías esconderte en una nube negra! ¡Luna cismática!

EL ABAD   ¡Calla con esos reniegos de bruja!

DOÑA JEROMITA ¡Y sin pasar alma viviente! ¡Jesús, mil veces!

EL ABAD   ¿Lo lamentas?

DOÑA JEROMITA ¡Este sobresalto me acaba! ¡Tantísimo dinero! ¡Hermano, considere que condena su alma!

EL ABAD   ¡Calla, serpiente!

DOÑA JEROMITA ¿No le corresponde en justicia la bolsa? ¿No se la dio el naipe?

EL ABAD   ¡El naipe marcado!

DOÑA JEROMITA Se lleva de un escrúpulo y por soberbio condena su alma. ¡Es orgullo, el cadelo que le come!

EL ABAD   Acaso...

DOÑA JEROMITA Puesto en disputa no quiere que ninguno le supere. ¡Hermano, haga cuenta de sus canas, y no tire el dinero como ese malvado sin años!

EL ABAD   Tengo de superarle. ¡Métete adentro y no hablemos más!

DOÑA JEROMITA   ¡Máteme! Pero me rebelo contra su dictado, y la bolsa recojo y la bolsa me guardo.

EL ABAD   ¡De un trabucazo te doblo!

DOÑA JEROMITA   ¡Por un pique de orgullo sería asesino de su hermana! ¡Me horrorizo!

EL ABAD   ¡Entra y calla!

DOÑA JEROMITA   ¡Esto me entierra!

EL ABAD   ¡Y a mí! Pero no me vence ese Satanás. Entra que quiero echar la llave.

DOÑA JEROMITA cae de rodillas suplicante, con los brazos abiertos bajo la luna clara. EL ABAD, negro y escueto, está en el umbral-. Bonete, trabuco, sotana-. La sombra parda de una vieja por el camino.

LA VIEJA   ¡Sabeliña! ¡Sabel! Asómate un momento, paloma. ¿No está Sabeliña?

DOÑA JEROMITA   ¿Qué enredo traes? No quiero cuentos a la oreja. Conozco tus malas artes.

LA VIEJA   ¡La madre bendita me valga, y no me pone de alcahueta!

EL ABAD   ¿Por qué buscas a la rapaza?

LA VIEJA   No la busco.

DOÑA JEROMITA   Por ella llamabas.

LA VIEJA   Llamaba para cerciorarme.

DOÑA JEROMITA   ¿De qué cerciorarte?

LA VIEJA   De si la era o no la era. En el camino tuve el encuentro, y a carrerada me vine... Algún aguinaldo me dará. ¡Tan siquiera un puño de harina para el caldo de la cena!

DOÑA JEROMITA   ¿Dónde dejas a la niña? ¡Jesús, mil veces!

LA VIEJA   ¡El mundo se acaba!

DOÑA JEROMITA   No me sobresaltes. ¡Responde!

LA VIEJA   Con los años, la vista muchas veces se engaña.

EL SACRISTAN, por una ruina de piedras calvas, salta el muro de la Quintana. Asustado y acezando aparece en la niebla lunar.

EL SACRISTAN   ¡Anda suelto el pecado! ¡Aquel negro sueño! ¡La sartén rabela, jureles asados! ¡Aquel negro sueño!

EL ABAD   ¿La sobrina, dónde queda?

EL SACRISTAN   ¡Anda suelto el pecado! ¡Arrebatada en su caballo se la lleva un negro Satanás!

DOÑA JEROMITA   ¡Jesús, mil veces!

LA VIEJA   ¡Sabeliña en los brazos de aquel turqués, era una despeinada Madanela!

DOÑA JEROMITA   ¡La niña disoluta teníalo tramado! ¡Me cegó la malvada!

EL ABAD   ¡Qué hora negra!

EL SACRISTAN   ¡Desencadenóse el Infierno!

LA VIEJA   ¡Buen quiebra virgos es el diablo!

EL ABAD   La mala oveja esta noche vuelve a su corte: Arrastrada la traigo. ¡Acompáñame, Blas!

DOÑA JEROMITA   ¡Y mañana sepulta en un convento, hermano!

EL SACRISTAN   ¡Requies in pace!

EL ABAD   ¿Qué camino llevaban esos criminales?

EL SACRISTAN   Mis vientos son que se hallan en el Pazo.

EL ABAD   ¡Vamos allá!

DOÑA JEROMITA   ¡No se pierda, mi hermano!

LA VIEJA   ¡Inda se pudiera encontrar alguno con quien casarla! ¿No habrá para mí un aguinaldo, Señor Abade?

EL ABAD   ¡Así la lengua se te caiga!

DOÑA JEROMITA ¡La Virgen Santa! ¡Hermano!... ¡Allí!... ¡La bolsa!... ¡Esto me mata! ¡Treinta portuguesas de mis entrañas!

DOÑA JEROMITA abre los brazos para alcanzar el cielo, y con un grito traspasa el nocturno silencio de estrellas. En la niebla lunar, por el camino de plata, FUSO NEGRO. ¡Touporroutou! Ha tropezado con la bolsa y escapa con ella. EL ABAD dispara su trabuco. Ladridos lejanos.

ESCENA SEPTIMA

Nocturnos cantos ruanos, lejanas risas de foliadas, panderos, brincos y aturujos repenicados, tienen alertada en la cama a PICHONA LA BISBISERA. Los ojos brillantes y grandes, el fulvo cabello esparcido por la almohada, atenta al concierto, se desvela la moza andariega. Colgado en el rincón del horno alumbra un sainero candilejo, se agarima debajo una clueca, y en el círculo de la penumbra el gato abre el sacrilegio de sus ojos verdes. Resuena el paso de un caballo, suspira la moza, rebulle la clueca, se enarca el gato y se desvanece. Por la sombra del muro, lo anuncia la lumbre de los ojos verdes. Un golpe en la puerta.

CARA DE PLATA   ¡Abre, Pichona!

PICHONA LA BISBISERA Estoy desnuda en la cama.

CARA DE PLATA   Trabajo adelantado.

PICHONA LA BISBISERA ¡Ay qué rey moro! ¿Di quién eres?

CARA DE PLATA   Harto lo sabes.

PICHONA LA BISBISERA De verdad te desconozco.

CARA DE PLATA   ¡Abre!

PICHONA LA BISBISERA Espera que me eche un refajo. ¡No me hundas la puerta, tesorín!

Responde la risa impía de CARA DE PLATA. Cesan los golpes. PICHONA, apresurada y sin atarse las jaretas, levanta las trancas. Bajo la luna, el hermoso segundón tiene el caballo de las riendas en el camino solitario, con un fondo lejano de estrellas y panderos de foliada.

PICHONA LA BISBISERA Ahora al darte la luna, tienes la cara propiamente de plata.

CARA DE PLATA   ¿Me esperabas?

PICHONA LA BISBISERA Casi te esperaba. Entra y toma mi cuerpo si lo quieres, pero no me maltrates, tesorín.

CARA DE PLATA   ¡Aparta!

CARA DE PLATA empuja a la moza y se mete por la puerta tirando de las riendas al caballo. Bufa el gato, cacarea la clueca, respinga el cuerno del candil, y el caballo se recoge y la enorme pupila espanta.

PICHONA LA BISBISERA ¿Dónde quieres dejar el caballo?

CARA DE PLATA   Debajo de la cama.

PICHONA LA BISBISERA El aguardiente te ha mareado.

CARA DE PLATA   ¡Lo ataré a la puerta de pregonero!

PICHONA LA BISBISERA ¿Qué pregona? ¿Que tengo la cama muy bien ocupada? Somos mozos y nos divertimos. Entra, que cierre.

El hermoso segundón, para entrar por la puerta, tiene que doblarse. PICHONA pone las trancas y fuera relincha el caballo. CARA DE PLATA, va derecho a sentarse en el camastro: Se vuelve a sonreírle la moza casi desnuda, fulva y blanca.

CARA DE PLATA Pichona, quítame las espuelas y calla. ¡Con mil demonios, calla!

PICHONA LA BISBISERA Tú puedes rasgarme la sobrecama con las espuelas, y la carne, si eso te divierte. ¡Pégame! ¡Alégrate!

CARA DE PLATA ¡No me alegro con eso!

PICHONA LA BISBISERA ¿Es que no te gusto?

CARA DE PLATA Yo debía reírme porque eres divertida, y no me río...

PICHONA LA BISBISERA Tú tienes una pena y por eso bebías copa tras copa en casa de Ludovina. ¿Es verdad lo que digo? ¿No quieres responderme?

CARA DE PLATA ¡Ni sé lo que me hablas!

PICHONA LA BISBISERA Deja ese negro cavilar y abrázame. Ese cuidado pasará y tú serás el primero en reírte. ¡Así es el mundo! No hay pena duradera. ¡Tienes el frío de la muerte en los labios!

CARA DE PLATA Ya me cansas.

PICHONA LA BISBISERA Pues echa la pena de ti. La suerte muda. ¿Quieres que te lea las cartas?

CARA DE PLATA ¿De qué bruja aprendiste tu arte?

PICHONA LA BISBISERA No fue de bruja ninguna. Lo aprendí de una compañera en casa de la monfortina.

CARA DE PLATA ¡Buena cátedra!

PICHONA, la camisa resbalando por los hombros, cachea en la hucha y torna al pie del camastro con el candil y el libro de Vilham. Por tres veces se lo presenta para el corte al hermoso segundón y lo tiende sobre la colcha floreada.

PICHONA LA BISBISERA Dame lo secreto, libro de Villano, si no quieres que lo pida a las rayas de la mano. Señala caminos, alumbra destinos, por las varillas de Mosén, ábrete, naipe para que lea el mal y el bien.

CARA DE PLATA En el introito no tropiezas.

PICHONA LA BISBISERA Alza con la mano izquierda. Vuelve una carta. Voy a leértelas a la portuguesa. Oros y detrás espadas. Celos con rabia. Repara el tres de copas por bajo del siete de espadas, copas aquí son campanas y espadas, ansias de muerte. ¿No sacas hilo ninguno?

CARA DE PLATA   ¡Maldita jerigonza!

PICHONA LA BISBISERA Este dos, este cuatro, este seis, pares contrapeados, para mí representan las luces de un entierro. Este caballo de oros es un enamorado. Si no eres tú, otro no veo. Esta sota de espadas cabeza para bajo es una llorosa Madanela: ¡Tal se me representa! Y este cinco de copas es licencia, y pecado contra este rey del palo de bastos, que vino encima de todas las cartas. Hay aquí tres ases, que son poderes y luego tres caballos contrapuestos. Caballos son caballeros. ¿Te explicas alguna cosa?

CARA DE PLATA   ¡Nada!

PICHONA LA BISBISERA Voy a echarlas encubiertas por ver si se clarean.

Comenzó PICHONA a recoger las cartas extendidas sobre la colcha del camastro, y al levantar el caballo de espadas queda con él en suspenso, recordando.

PICHONA LA BISBISERA ¿Tú has pensado alguna vez en hacer una muerte?

CARA DE PLATA   De haberlo pensado la hubiera hecho.

PICHONA LA BISBISERA Eres otro Diego Corrientes.

CARA DE PLATA   Soy más.

PICHONA LA BISBISERA Pero ¡no robas ni matas! Las cartas te ligan con un muerto. Está representado en este dos de copas, aun cuando nunca es carta de fundamento. Pero me lo hace decir que haya venido el caballo pisando sobre ella. Y el montado de oros, galán enamorado, eres tú. ¡Manifiesto!

CARA DE PLATA   ¡Acaba!

PICHONA LA BISBISERA ¡Por acabado! Abrázame, tesorín. Abrázame, mi rey moro castellano. ¡Es la primera vez que me buscas! ¿Por dónde consumes la flor de tu sangre? ¡Tienes la boca fría! ¡Tesorín, abrázame!

JORNADA TERCERA

ESCENA PRIMERA

Sala grande y oscura en el Pazo de Lantañón. Un Santo Cristo con enagüillas, en la tiniebla del muro encalado, sugiere su lívida tragedia. Hipnotiza el clavo amarillo de una luz de aceite. Por el vano de un arco se advierte la mesa con recado de manteles. Rondan en torno gatos y perros. EL MAYORAZGO, en su sillón, levanta la copa. SABELITA, en el fondo de una puerta, se cubre la cara. ¡Blancura de aquellas manos!

EL CABALLERO   Descubre los ojos y mírame.

SABELITA   ¡No puedo!

EL CABALLERO   ¡Obedece, Isabel!

SABELITA   Padrino, vuélvame a San Clemente.

EL CABALLERO   Después de la cena. Siéntate.

SABELITA   Permítame que le sirva.

EL CABALLERO   No llores y obedece.

SABELITA   Mi destino es llorar.

EL CABALLERO   Toma mi copa y bebe.

SABELITA   ¡No me avergüence, padrino!

EL CABALLERO   ¡Aborrecida vergüenza!

EL CABALLERO estrella la copa y se alza del sillón bamboleando la mesa. Largo y sobresaltado temblor del ajuar loceño, se derrama el vino y se apaga el velón. En la sala oscura, como si naciese de pronto, la luna argentó una vidriera. Con las figuras diluidas en la oscuridad, crecía el prestigio de las voces y de las sombras.

SABELITA   Padrino, permítame volver a San Clemente.

EL CABALLERO   Franca tienes la puerta. ¡Vete, y no vuelvas!

SABELITA   ¡Malvado Fuso Negro!

EL CABALLERO   ¿Por qué te detienes?

SABELITA   ¡Espanto me da!

EL CABALLERO   ¡Vete!

SABELITA   ¡Alma sobresaltada, sosiega! ¡Aléjate, espanto! ¡No me ates en estos umbrales, imán del infierno!

EL CABALLERO   ¡Mal rayo me parta! ¡Huye! ¡No te detengas!

SABELITA   ¡Rey del Cielo, desencadéname, que aquí me pierdo!

EL CABALLERO   ¿No te vas?

SABELITA   No puedo.

EL CABALLERO   Me perteneces.

SABELITA   ¡Mi alma condeno!

EL CABALLERO   ¡Entrégamela!

SABELITA   ¿Para qué quiere mi alma?

EL CABALLERO   Para mí la quiero. ¡Entrégamela!

SABELITA   A Satanás se la entrego.

EL CABALLERO   ¡Mía es!

SABELITA   ¡Padrino, no me pierda!

EL CABALLERO   ¡Soy Satanás y te pierdo!

SABELITA   ¡Padrino!

EL CABALLERO   Llámame monstruo infernal. Maldito mil veces, que ni la flor de tu inocencia respeto.

Por la puerta lunera, escueto y negro, el tonsurado atropella, y detrás se encoge y mima un gesto de terror y lascivia el repelado sacristán de San Clemente.

EL ABAD   ¡Rey Faraón, vengo por mi oveja!

EL CABALLERO   ¡Mírala!

EL ABAD   ¡Mal pensé de ti, bárbaro Montenegro, mal y con saña! ¡Nunca tan bajo que acogieses a las mancebas de tus hijos y cenases con ellas!

EL CABALLERO   ¡Clérigo bellaco, de ningún hijo de puta es manceba mi ahijada!

EL ABAD   Habla tú, impúdica mozuela.

SABELITA   De nada soy culpada.

EL ABAD   ¿Quién aquí te trajo, pues te han visto arrebatada en un caballo? ¡Tu liviandad declara!

EL CABALLERO   ¡Yo la traje!

EL ABAD   ¡Vade retro!

EL CABALLERO   ¿De qué te espantas?

EL ABAD   ¿Tú la robaste?

EL CABALLERO   Sí.

EL ABAD   ¿Con qué mira?

EL CABALLERO   Porque mis soledades acompañase.

EL ABAD   Montenegro, te amonesto para que me vuelvas la oveja de mi corte.

EL CABALLERO   Fue su voluntad el cambio de vara.

EL ABAD   Montenegro, de paces vengo.

EL CABALLERO   Yo tampoco te muevo guerra.

EL ABAD   Éramos amigos, con trato de parientes, y me negaste el paso cuando iba a encomendar un alma.

EL CABALLERO   Yo, no. Uno de mis rapaces.

EL ABAD   Pero tú lo has sostenido.

EL CABALLERO   No estaba a menos obligado.

EL ABAD   Aquel pecador murió sin auxilios, y es de suponer que pene en el infierno.

EL CABALLERO   Eso tendrá que agradecerle a mi rapaz el Diablo.

EL ABAD   ¡Blasfemo!

EL CABALLERO   ¡Sacrílego! ¡Deseas la moza para tu regalo! ¡Nos conocemos!

EL ABAD   ¡Bárbaro Montenegro, tendrás la guerra, pues la guerra provocas! Pisaré por tu dominio y cobraré la mala oveja.

EL CABALLERO   Puedes cobrarla, de paz te la entrego. Isabel, de quedarte o de irte eres libre. Elige.

SABELITA   ¡Elijo mi muerte!

EL ABAD   ¡Calla, malvada! ¡No publiques tu licencia! ¡Sígueme!

SABELITA   Los pies me atan. Andar no puedo. ¡Estoy dañada del malo!

EL ABAD   ¡Ven conmigo!

SABELITA   Tengo grillos. ¡Los pies me atan!

EL ABAD   Te sacaré arrastrada de las trenzas.

SABELITA   ¡Padrino, no me ponga cadenas! ¡Rompa el negro imán con que me prende! ¡Déjeme libre! ¡Libérteme!

EL CABALLERO   Libre eres.

SABELITA   ¡Bórrate, espanto! ¡Alma mía, avaliéntate! ¡Supérate! ¡Padrino, rompa este atribulado cautiverio! Y si no lo rompe, ordene que me quede, si es mi suerte perderme.

EL CABALLERO   Caiga el pecado sobre mi conciencia. ¡Quédate!

EL ABAD   ¡Montenegro, poder de brujo tienes! ¡En él te amparas! ¡No me espantas, Montenegro! ¡Emplazado quedas! ¡Aún nos veremos!

EL CABALLERO   ¡El Diablo te lleve!

EL ABAD   Por castigar tu soberbia soy capaz de encenderle una vela. ¡Tiembla!

Sale el tonsurado como una ráfaga negra por la puerta lunera.

EL MAYORAZGO levanta su copa y la ofrece, a la sombra, arrodillado de su nueva manceba.

ESCENA SEGUNDA

La encrucijada de San Martiño de Freyres. Cielo con estrellas. Rumor de viento en las mieses. La queja del molino, en un grupo de árboles, alarga las vocales del miedo. La luna en la balsa hila nieblas de plata. Sobre la cruz de los albos caminos enmagrece el bulto ensotanado del ABAD. Bajo el cielo estrellado el bonete perfila sus cuernos y el brazo perfila su trazo negro de maldición y anatema. BLAS DE MIGUEZ se encoge como un perro sobre la sombra alargada del tonsurado.

EL ABAD   ¡Casta de soberbios! ¡Maldita seas!

EL SACRISTAN   ¡Qué gallo el Vinculero!

EL ABAD   ¡Bárbaro Montenegro, yo te daré en la cara una bofetada como ésta!

EL SACRISTAN   ¡Justo juez!

El ordenado se azota la mejilla, y EL SACRISTAN se santigua muchas veces con gemidos y golpes de pecho. Ladran, lejanos, los perros de una aldea.

EL ABAD   Satanás, te vendo el alma si me vales en esta hora. ¡No me espanta ni el sacrilegio!

EL SACRISTAN   ¡Señor Abad, no pida ayuda al Infierno!

EL ABAD   ¡Hoy me juego el alma!

EL SACRISTAN   No la juegue, que la pierde.

EL ABAD   ¡Y tú te condenarás conmigo!

EL SACRISTAN   ¿Que falta le hace compañero?

EL ABAD   Tú seguirás mi suerte.

EL SACRISTAN Caso de no tener influjo con San Pedro.

EL ABAD   Tú harás cuanto yo te ordene.

EL SACRISTAN   ¡Salvando mi alma! y a ella te sujetas.

EL ABAD   Llegado a tu casa, te pones a morir.

EL SACRISTAN   ¡Madre Santísima!

EL ABAD   Y, puesto a morir, te despides de los hijos y de la parienta. ¡Pides confesión!

EL SACRISTAN   Me pongo a morir y no muero.

EL ABAD   ¿Qué achaque padeces?

EL SACRISTAN   ¡Mal de ijada!

EL ABAD   Desde que pises el quintero empiezas a dolerte y a implorar los Divinos.

EL SACRISTAN   Susto me da de penetrarle la idea.

EL ABAD   Es preciso que me obedezcas ciegamente.

EL SACRISTAN   Me pongo a morir... Confieso y comulgo, que nunca está por demás... Así es. Pero de agonizante no paso... A morir me rebelo.

EL ABAD   ¡Tú obedeces!

EL SACRISTAN   ¡Como tal se malicie la parienta!

EL ABAD   ¡Vete!

EL SACRISTAN   Tendré que zurrarle el pandero.

EL ABAD   Si es preciso, te mueres.

EL SACRISTAN   De un ojo solamente. ¡A más no me comprometo!

EL ABAD   ¡Camina!

EL SACRISTAN   A más me rebelo.

EL ABAD   ¡Obedece!

EL SACRISTAN   ¡Morir, ni de pensamiento!

EL ABAD   A morir te pones, y si es preciso, te mueres. Esta es la lección

EL SACRISTAN   ¡Cativa letra! ¡Ya le declaro que no es para cumplida!

EL ABAD   A Satanás te encomiendas.

EL SACRISTAN   ¡Para que luego me chamusque! ¡Arreniégole!

EL ABAD   ¡Vete!

EL SACRISTAN   ¡Concho! ¡Pudiera suceder que estuviésemos abriéndonos el Infierno!

EL ABAD   Impulsos me vienen de hundirte el puño entre los cuernos. ¡Imbécil, golpéate los ojos! Negra conciencia, ¿no ves a tus plantas el Infierno?

EL SACRISTAN   ¡Excomulgados nos hacemos! ¡Los Sacramentos profanamos!

EL ABAD   ¡Horrorízate! ¡Tiembla!

EL SACRISTAN   ¡Dies Irae! ¡Dies Illa!

Con aullidos de can se azotaba las mejillas el sacrílego tonsurado y el sacristán, encogido, medroso, con la cabeza vuelta, corría sobre los zuecos, bailón a la luna del camino aldeano. Cuando entra por el quintero, almiares y cielo lunario, empiezan los clamores.

EL SACRISTAN   ¡Ay, que muero! ¡Ay, que acabo! ¡Muero de un mal repentino! ¡Repentino y excolmulgado! ¡Vida, no te vayas! ¡Déjame ver las luces del día!

EL ABAD   ¡Satanás, ayúdame y el alma te entrego! ¡Ayúdame, Rey del Infierno, que todo el mal puedes! ¡Satanás, te llamo con votos! ¡Satanás, por ti rezaré el negro breviario! ¡De Cristo reniego y en ti comulgo! ¡Rey del Infierno, desencadena tus aquilones! ¡Enciende tus serpientes! ¡Sacude tus furias! ¡Acúdeme, Satanás!

FUSO NEGRO   ¡Presente, mi Capitán!

Sobre el albo camino baila el loco su baile frenético, y una bolsa de monedas hace saltar en el roto bonete cismático. Pasa en una ráfaga ante el sacrílego ABAD de San Clemente.

ESCENA TERCERA

Quintán de San Martiño. Almiares y tejados luneros. Ladridos lejanos. Tendida parra de morada sombra, ante alguna puerta. Una casa sola al confín del quintero. Negro y rojo el hogar donde una vieja encuerada se espulga. Sale en bocana por las tejas humo de pinocha y olor de sardinas asadas. La vieja se espulga, un crío gimotea y una bigardona, bajo el candil, se remienda el manteo.

LA SACRISTANA   ¡Qué ilusión condenada! ¡Otra vez me trajo el viento la voz de tu padre!

LA BIGARDONA   ¡Arreniégote!

LA SACRISTANA   Estate atenta ¿Oyes? Remeda una cierta voz acongojada. ¿Oyes?

LA BIGARDONA   El viento en el tejado.

LA SACRISTANA   ¿No te representa una voz?

LA BIGARDONA   ¡Como está de alumbrada, mi madre!

LA SACRISTANA   ¡Ya que el pecado me recuerdas, voy a tirarle del teto!

La vieja encuerada alcanza del vasar el pichel pringoso. Caen unas trébedes. Se espanta el gato. Cruje el camastro, y por el borde de la cobija remendada sacan la cabeza tres críos. La vieja apura el pichel, morosa y deleitada.

CORO DE CRIANZAS   ¡Una pinga mi má! ¡Una pinga mi má!

LA SACRISTANA   ¡Una horca, centellón!

CORO DE CRIANZAS   ¡Una pinga!

LA SACRISTANA   ¡Celonio! ¡Gabina! ¡Mingote! ¡Venenos! ¡Buscais que os visite San Benitiño de Palermo! ¿Quieres tú echar un trago, Ginera?

LA BIGARDONA   Luego los mozos me sienten el aliento.

LA SACRISTANA   ¡Ten la boca desapartada, gran sinvergüenza! Arrímate mucho a los mozos y verás lo que sacas. ¡Ay, qué condición más renegada la tuya! Si te hacen una barriga, vas para fuera de casa. ¡Es anís doble, condenación! ¡Bebe un trago, rapaza!

LA BIGARDONA, con remangue, toma el pichel que le ofrece la vieja, y tras de catarlo, se frota los labios con el pañuelo majo que lleva al pecho.

LA BIGARDONA   ¡Resolio!

CORO DE CRIANZAS   ¡Una pinga mi má! ¡Una pinga mi má!

LA SACRISTANA   Dale una pinga a esos aborrecidos.

Sobre el camastro, saliendo de la cobija remendada, implora el coro de ánimas. CELONIO, GABINA, MINGOTE se disputan el pichel con las manos tendidas y las uñas de fuera. Al dárselo LA BIGARDONA, el pichel se quiebra entre tantas manos.

LA SACRISTANA   ¡Ay, venenos! ¡Mala centella os abrase! ¡Habéis de acabar en una horca! ¡Casta renegada! ¡Sanguinarios!

LA BIGARDONA   Vístase la camisa, mi madre.

La vieja acompasa los gritos repicando las tenazas sobre las asustadas cabezas del retablo que se desbarata. Plañidera torna al hogar. Entre un burujo de ropas cachea por la faltriquera y cuenta unos ochavos.

LA SACRISTANA   ¡Era de lo bueno! ¡Un resolio que mejor no lo bebe la reina de España! Ginera, átate las enaguas y ve por un cortadillo.

LA BIGARDONA   ¿Holanda o anisado?

LA SACRISTANA   ¡Anisado, grandísima bribona! ¡Arreniégote, que no piensas más que en los mozos! ¡Anisado, condenada! ¡Anisado! Enciende un fachizo.

LA BIGARDONA   ¡Hay luna!

VOZ LEJANA   ¡Muero! ¡Acabo!

LA SACRISTANA   ¡Asús! ¡Pues no me vuelve la tema pasada! ¡Viento inventor! ¡Talmente el lamento de tu padre!

GINERA, estremecida, abre la puerta, y bajo el encaje lunario del emparrado, aparece la sombra del sacristán, de rodillas y con los brazos abiertos en cruz.

EL SACRISTAN   ¿Dónde me hallo? ¡El dolor me nubla la vista y no reconozco los parajes!

LA SACRISTANA   ¿Qué copla condenada traes?

EL SACRISTAN   ¡Confesió pido! ¡Por los Divinos clamo!

LA SACRISTANA   ¡Aún no es la tuya!

EL SACRISTAN   Tengo las borras de los humores revueltas. ¡Cumple que esa hija amada se cubra con la mantilla y lleve aviso a San Clemente!

LA BIGARDONA   ¡No alele, mi padre!

EL SACRISTAN   ¡Un dolor repentino me lleva de esta vida!

LA SACRISTANA   ¡No lo querrá mi suerte arrastrada!

EL SACRISTAN   Los dolores repentinos estos tiempos reinantes, son muy traidores.

LA SACRISTANA   ¡Pues acaba!

EL SACRISTAN   ¡Has de ir por delante, puñela!

LA SACRISTANA   ¡Borrachón!

LA BIGARDONA   ¡Acuéstese, mi padre!

EL SACRISTAN   ¡Te doy mi bendición, hija amada!

LA SACRISTANA   ¡Muy político te hallas!

LA BIGARDONA   Parece como si estuviese tomado de delirio.

LA SACRISTANA   ¡De la bebida está tomado!

EL SACRISTAN   ¡Mala mujer, respeta el vínculo del matrimonio, pues me hallo en el momento concursivo de irme del mundo!

LA BIGARDONA   ¡Nunca mi padre tanto saber tuvo!

EL SACRISTAN   Mi bendición te doy, hija amada, y juntamente a esos tres niños vástagos. ¡Ya podéis llamaros huérfanos!

LA SACRISTANA   ¡Celonio, Gabino, Mingote! ¡Venenos! ¡Arrodillarvos!

CORO DE CRIANZAS   ¡Mi padre Blas! ¡Mi padre Blas!

EL SACRISTAN   ¡Madre del Verbo, ven en auxilio de este devoto, que a comparecer ante el Supremo Tribunal! ¡Me roe como un de la rabia este dolor que me acometió en calidad de repentino, Madre de los Pecadores! ¡Me roe en los dos cadriles, Madre Soberana! ¡Dolor de ijada repentino es el apelativo que aquí le damos, Mater Immaculata!

LA SACRISTANA   ¡Calla, grandísimo ladrón! ¡Calla y no llames más a la chupona! ¿Quieres unas friegas?

EL SACRISTAN   ¡El Santolio quiero!

LA SACRISTANA   ¡Ay, condenado, no te vayas de este mundo, que haces en él mucha falta!

EL SACRISTAN   El Señor me llama. Estoy propiamente acabando. Que la hija se apresure.

LA SACRISTANA   Muy conforme te hallas.

EL SACRISTAN   Como cumple a todo fiel cristiano.

LA SACRISTANA   ¡Ay, Blas, nunca tanta política tuviste! ¡Visto es que a la muerte te hallas! ¡Ay, Blas, no dejes esta vida! ¿Blas de Míguez, acaso sabes la que te aguarda?

EL SACRISTAN   Cállate esos textos hasta que visite el Santolio.

BLAS DE MIGUEZ guiña el ojo, tuerce la boca, saca la lengua, componiendo una mueca tragicómica de antruejo. La vieja pelona empavorida se santigua, y temblándole las manos, se viste la camisa.

LA SACRISTANA   ¡Ay, muerte, qué bien andabas por lejos! ¡Ginera, toma soleta!

CORO DE CRIANZAS   ¡Ay, o noso paisiño! ¡Ay, o noso paisiño!

LA BIGARDONA   ¡Mi padre Blas, no se vaya de este mundo, que es mucha su falta!

EL SACRISTAN   ¡No me atolondres!

LA SACRISTANA   ¡Blas, no te vayas! ¿Muerte chupona, por qué te lo llevas?

EL SACRISTAN   ¡Ya estás hablando muy demás!

LA SACRISTANA   ¿Era tan mala la vida que te daba? ¡Responde, pellejo!

EL SACRISTAN   ¡No me faltes en este trance, puñela!

LA SACRISTANA   ¡Responde!

EL SACRISTAN   ¡Reconozco tus méritos y te bendigo igualmente!

LA SACRISTANA   ¡Ya entra en el delirio! ¡Apróntate, Ginera!

CORO DE CRIANZAS   ¡O noso paisiño! ¡O noso paisiño!

EL SACRISTAN   ¡Callarvos la boca, ángeles bienaventurados! ¡Espántate, muerte!

LA BIGARDONA   ¡Propio delirio!

Cubierta con un manteo y en la mano un farolico de aceite, se escapa la BIGARDONA. Del camino llega su planto.

LA BIGARDONA   ¡Adiós, mi padre! ¡Ya nunca más recibiré sus enseñanzas!

EL SACRISTAN   ¡Concho, qué tunda te daba!

LA SACRISTANA   ¡No reniegues en este trance, mal hombre! ¿Dónde se fue aquella conformidad que prometías?

EL SACRISTAN   Estoy propiamente a morir de todo, y no es extraño que alguna cosa hable delirando.

CORO DE CRIANZAS   ¡O noso paisiño! ¡O noso paisiño!

EL SACRISTAN   ¡Grandísimos ladrones, callarvos!

BLAS DE MIGUEZ, con súbito alarido, se descalza de un zueco, y cojitranco, salta de la yacija, majando la pelambre de críos, que se encadilla con lloro de espanto, al ruedo de la vieja encamisada.

LA SACRISTANA   ¡Asosiega, Blas! ¡De por fuerza entra en ti el enemigo! ¡Escorréntalo y reza el trisagio! ¡Pecador, salva tu alma!

EL SACRISTAN   ¡Calla, concho!

LA SACRISTANA   ¡No jures, piensa en salvarte!

EL SACRISTAN   ¡Cuidas que muero y aún he de darte mucha leña! ¡De ésta salvo!

LA SACRISTANA   ¡No te rebeles contra la divina sentencia!

CORO DE CRIANZAS   ¡O noso paisiño! ¡O noso paisiño!

EL SACRISTAN   ¡Voy a picarvos el cuello, malvados! Témplame una gota de vino con canela, piadosa mujer desconsolada.

LA SACRISTANA   ¡Ya te vuelve la política de rendir el alma! Ahora vide en forma de gato escaparte por los pies aquel maléfico que en ti estaba.

EL SACRISTAN   ¡Mentira podre! ¡No levantes inventos! ¡Calla, relapsa! ¡Mundo de perdición, ya está dicho que todo eres veneno, todo ajenjos amargos! Llegada mi hora, cuando eso sea, no sentiré dejarte. ¡Adiós, hijos míos, coro de ángeles!

CORO DE CRIANZAS   ¡Ay pay! ¡Ay pay! ¡Ay pay!

LA SACRISTANA   Callarvos, ladrones, y ponervos de rodillas, que vos está edificando.

EL SACRISTAN   ¡Niños huérfanos! ¡Arbustos delicados!

LA SACRISTANA   ¡Hay que conmoverse, carajeta! ¡Es valor de hombre para este paso de la despedida final!

EL SACRISTAN   Tiernos vástagos, en este valle de lágrimas solamente hallamos amparo en el seno de la Santa Iglesia Católica. ¡Que no se os vaya de la cabeza! ¡La vida es un tránsito!

FUSO NEGRO   ¡Touporroutóu!

FUSO NEGRO, acautelado, aparece en la puerta. Tiene una expresión alobada aquella sombra que acecha desde el camino. La risa en baladro, y entre camisa y cuero oculta una mano que suena el oro portugués de la bolsa cismática.

EL SACRISTAN   Escapa de ahí, Fuso Negro.

FUSO NEGRO   Ahora escapo.

EL SACRISTAN   No te quiero a mi puerta.

FUSO NEGRO   ¿Me das a Ginera? Te la peso en monedas de oro.

LA SACRISTANA   ¡Escapa, malvado! ¡No hagas escarnio de la muerte!

FUSO NEGRO   ¿Tienes chicharrones frescos?

LA SACRISTANA   ¡Mira las luces del Santísimo! ¡Míralas acullá lejos, en el atrio, juntarse! ¡Oye la campana!

EL SACRISTAN   ¡A morir me rebelo!

BLAS DE MIGUEZ salta de la yacija con los pelos espantados. Por ser calzo de un solo zueco, trenquea. Se le opone la mujer, con la pelambre de críos encadillada al ruedo de la camisa.

LA SACRISTANA   Acuéstate, Blas.

EL SACRISTAN   A morir me rebelo. ¿Qué fue lo tratado? ¡Cierro un ojo no más! ¡Hay que ponerlo en claro! ¡Luces no quiero! ¡Las luces sean apagadas! ¡Apágalas, viento! ¡A morir me rebelo! ¡Las luces! No voy aunque la cera me llame. ¡Déjame que escape! ¡Aparta, puñela!

La cama de LA PICHONA. Un silencio con suspiros y arrullos. Sobre sus gayos caballetes azules, cruje el tabanque del jergón. CARA DE PLATA y LA PICHONA están a falagare bajo el paraíso de una colcha portuguesa. ¡Toc! ¡Toc! ¡Toc! Rueda una piedra por el tejado. Apagan sus voces las bocas maridadas.

PICHONA LA BISBISERA ¡No escapes! ¡Bésame! ¡No caviles en tus duelos!

CARA DE PLATA   ¡Calla!

PICHONA LA BISBISERA ¿Qué estás a escuchar?

CARA DE PLATA   Calla.

PICHONA LA BISBISERA ¿La andrómeda del viento en las tejas?

CARA DE PLATA   No es el viento.

PICHONA LA BISBISERA ¿Quién piensas tú que sea?

CARA DE PLATA   El trasgo con los zuecos.

PICHONA LA BISBISERA ¡Tesorín, no me asustes, que todo me lo creo! ¡Bésame! ¡No escapes con esa boca! ¡Bésame!

Los zuecos del trasgo quiebran las tejas. La risa estruenda por la negra bocana del humo, y la acompasa cascabeleño el serpentón de la gramallera. Se esparce la ceniza, bailan las trébedes.

LA VOZ DE LA CHIMENEA   ¡Touporroutóu!

PICHONA LA BISBISERA ¿Será el que anuncias, mi dueño?

CARA DE PLATA   Seguramente.

LA VOZ DE LA CHIMENEA   ¿Qué cabrón te ocupa la cama, Pichona?

CARA DE PLATA   Baja, Perico, que nos conocemos.

PICHONA LA BISBISERA Como le incites, tenemos leria. ¡Abrázame, tesorín!

LA VOZ DE LA CHIMENEA   Echa de la cama a ese galicoso, Pichona.

PICHONA LA BISBISERA ¡Arreniégote!

LA VOZ DE LA CHIMENEA   Tengo para ti un bolso de amarillas redondas. ¡Óyelas como suenan!

PICHONA LA BISBISERA Sonar de tramoya.

LA VOZ DE LA CHIMENEA   ¡Alegría, alegrote, el rabo de puerco a bailar en el pote! ¿Pichona, quieres que te caliente las piernas? ¡Entre pecado y pecado, una empanada de lamprea!

CARA DE PLATA   Y vino del Rivero.

LA VOZ DE LA CHIMENEA   Eres entendido, cabrón.

PICHONA LA BISBISERA Fuso Negro, como salga que lo eres, te descuerno. ¡No me quiebres las tejas, malvado!

LA VOZ DE LA CHIMENEA   ¡Touporroutóu! Este bolso es para ti, puta de caballeros. ¡Óyelo cantar!

PICHONA LA BISBISERA Canto de fingimiento.

CARA DE PLATA   Perico, ese bolso lo hallaste en un camino.

LA VOZ DE LA CHIMENEA   ¡Tú ves el ojo del gato bajo del rabo!

CARA DE PLATA   Soy de tu arte.

PICHONA LA BISBISERA ¡Fúndete, Demo!

LA VOZ DE LA CHIMENEA   ¡Touporroutóu! ¡Con este tesoro soy más que el Papa!

CARA DE PLATA   Tanto.

LA VOZ DE LA CHIMENEA   Puedo dormir en el convento con las benditas monjas y fornicarlas de siete en siete.

CARA DE PLATA   ¡Puedes!

LA VOZ DE LA CHIMENEA   ¡Sabes Teología!

CARA DE PLATA   ¿No estabas para casar, Perico?

LA VOZ DE LA CHIMENEA   ¡Touporroutóu! ¡Cuatro cuernos llevo en el bonete! ¡Cabra negra, si nos concertamos, te pongo un candado de fierro!

CARA DE PLATA   ¿Quién te burló la moza, Perico?

LA VOZ DE LA CHIMENEA   Un gallo turqués que se metió por medio.

CARA DE PLATA   ¿Cómo no lo espantaste?

LA VOZ DE LA CHIMENEA   Bajó revestido de negra centella.

CARA DE PLATA   ¿Y tú ciencia, Perico?

LA VOZ DE LA CHIMENEA   Para el Diablo Mayor no hay ciencia. ¡Touporroutóu! ¡Qué luna clara! ¡Sube, Pichona, y echamos un baile!

PICHONA LA BISBISERA Me falta el unto para los sobacos.

LA VOZ DE LA CHIMENEA   Date cuspe en las perillas. Pichoneta, sube y echamos un baile a la luna. ¡Touporroutóu! ¡Sube, camisa escandrillada!

PICHONA LA BISBISERA ¡Gran castrón, no traes mala tema!

LA VOZ DE LA CHIMENEA   ¡Touporroutóu! ¡En cirolas estoy para repenicar un fandango!

PICHONA LA BISBISERA ¡Condenado antruejo!

LA VOZ DE LA CHIMENEA   ¡Touporroutóu!

PICHONA LA BISBISERA ¡Vas a hundirme la chimenea con tus gargalladas!

LA VOZ DE LA CHIMENEA   ¡Oye esta rula de oro como te reclama!

PICHONA LA BISBISERA Perico, llegas tarde.

LA VOZ DE LA CHIMENEA   ¡Echa de la cama a ese puto!

PICHONA LA BISBISERA Es un rey.

LA VOZ DE LA CHIMENEA   Córtale la cabeza.

PICHONA LA BISBISERA Me tiene ligada.

LA VOZ DE LA CHIMENEA   Si en la cama te meas, quiebras el lazo.

PICHONA LA BISBISERA ¡Qué doctrina apañada!

CARA DE PLATA   ¡Perico, esa bolsa no es tuya!

LA VOZ DE LA CHIMENEA   ¿Quién lo declara?

CARA DE PLATA   Esa bolsa te la descubrió la luna.

LA VOZ DE LA CHIMENEA   ¡Mentira podre!

CARA DE PLATA   La alzaste de un camino.

LA VOZ DE LA CHIMENEA   Sacas ese invento para disputármela.

CARA DE PLATA   Anochecido pasabas por la Quintana de San Clemente.

LA VOZ DE LA CHIMENEA   ¿Quién eres tú, que tanto sabes?

PICHONA LA BISBISERA Vuelve la bolsa a su dueño, Perico.

CARA DE PLATA   Su dueño no la quiere.

LA VOZ DE LA CHIMENEA   ¡Centellón! ¿A quién tienes en la cama, Pichona?

CARA DE PLATA   Baja, si quieres conocerme.

LA VOZ DE LA CHIMENEA   Aún me rasco una nalga chamuscada. En el lóstrego de la pólvora reconocí el bonete oculto a la espera. Trabuco apuntado.

CARA DE PLATA   ¡Baja, Perico!

LA VOZ DE LA CHIMENEA   No bajo. Ya me pasó la muerte por delante en la Quintana. Al fogonazo de la pólvora he visto los cuatro cuernos y la cara de sangre.

CARA DE PLATA   ¿Y era mi cara?

LA VOZ DE LA CHIMENEA   ¡Touporroutóu! Señor Abade, no haga más las coscas a esa cabra negra. ¡Vístase los hábitos!

CARA DE PLATA   ¡Perico, la yerras!

FUSO NEGRO   ¡Touporroutóu! ¡Bien veo los cuernos del bonete! El girasol de su solana, un gallo turqués está a piteirarlo. ¡Touporroutóu! ¡Oiga el grito que pasa la noche! ¡Ya el virgo de la sobrina se lo llevó el ladrón Vinculero!

CARA DE PLATA   ¡Qué espanto me traes, negra centella!

FUSO NEGRO   Desnuda, en cabellos, da voces y se cubre los pechos, en una cueva de Lantañón. ¡El gallo turqués está a piteirar sobre la pita blanca!

CARA DE PLATA   ¿Qué negro luz me alumbras? ¡Es mi padre el ladrón que me roba!

LA VOZ DE LA CHIMENEA   ¡Centellón! Pues ¿tú quien eres?

CARA DE PLATA   ¡Satanás me ampare!

CARA DE PLATA, con sorda brama, los ojos en lumbre, airado y frenético, del tajo hogareño arranca el hacha. Armado con ella revuelve el brazo, hunde la puerta, se lanza a la noche estrellada.

PICHONA LA BISBISERA ¿Qué negra idea te gobierna? ¡Espera! ¡Detente! ¡No dejes mis brazos, rebelde a tu padre! ¡Quédate mío y te serviré toda la vida! ¡Seré tu esclava! ¡No renueves mi sino enlutado! ¡Yo soy aquella de la vida airada por quien mató a su padre Benitiño el Penitenciado! De tu misma furia revestido, escapó de mis brazos. ¡Detente, adorado! ¡Quedo rezándote!

VOZ DE RUADA   "Noite noitiña de meigos e trasnos fun á ó muiño d'o meu compadre; fun pol'o vento, vin pol'o aire."

ESCENA ÚLTIMA

El atrio del Pazo, fragante de limoneros. Arcos con luna, y el ciprés inmóvil y negro al pie de la escalera. Cruza, cargada de remordimientos, la sombra del CABALLERO. Le sigue el bufón patizambo, con la bufonería de resaltar su cojera.

DON GALAN   ¡Jujú! ¡Viejo enamorado, corazón enlutado!

EL CABALLERO   ¡Calla, imbécil!

DON GALAN   ¡Sentencia de sabios!

EL CABALLERO   ¡Sentencia de bellacos!

DON GALAN   A los cuerpos viejos les cumple estar a buenas con San Pedro.

EL CABALLERO   Don Galán, tentado estoy de hacerme ermitaño.

DON GALAN   Por ese camino también le llevo la alforja.

EL CABALLERO   Los santos no tienen criados.

DON GALAN   Seremos iguales.

EL CABALLERO   Tú no puedes ser santo.

DON GALAN   ¡En la mesa celeste tanto es Blas como Bonifás!

EL CABALLERO   Don Galán, para ser santo se pasa por el Infierno. Como no has sabido ser un pecador, tampoco sabrías ser un santo. ¡Yo, sí!

DON GALAN   ¡Por descontado!

EL CABALLERO   Pero ¿vale la pena de arrepentirse y hacerse santo tan a deshora, cuando tan pocas ocasiones de pecar pueden brindarme Mundo, Demonio y Carne? ¡Si me hubiera acordado hace treinta años! Ahora parece un escrúpulo de fariseo. ¡No vale la pena! ¡Morderé esta noche el racimo! Don Galán, tú no entiendes una palabra.

DON GALAN   ¡Las bastantes!

EL CABALLERO   ¡No hay en toda mi vida un naipe tan negro como el que ahora levanto!

DON GALAN   ¡Negro como un carbón!

EL CABALLERO   ¡Abominable!

Confuso son de pasos y preces. Tres viejas, como tres curujas, con farolillos y manteos, se encogen y acechan entrando por bajo el arco. En San Clemente de Lantañón, litúrgicos dobles de una campana. Lejanas luces.

VOZ DE VIEJA   ¡Ave María! ¡Toma la luna, toma el Señor Mayorazgo! ¡Bien la luna se lo premia! Desde aquí parece un apóstol vestido de plata.

EL CABALLERO   ¿Qué camino hacéis?

VOZ DE VIEJA   Acompañamos el Santo Viático.

EL CABALLERO   ¡El bonete me provoca con un sacrilegio! ¡Don Galán, suelta los perros y dame la escopeta!

DON GALAN   ¡Mi amo, no se remonte sobre las alas de Satanás!

El galope de un caballo. Demudado y frenético, rompe en el atrio CARA DE PLATA. Divino de luna el yelmo de sus cabellos, y el hacha en el brazo desnudo, negra centella.

CARA DE PLATA   ¡Padre, vengo a matarle!

EL CABALLERO   ¡Bandido, no te detengas! ¡Descarga el brazo y ábreme el Infierno!

CARA DE PLATA   ¿Dónde está Isabel?

EL CABALLERO   Bajo esta llave.

CARA DE PLATA   ¡Isabel es mía!

EL CABALLERO   ¿Cuando la enamoraste?

CARA DE PLATA   ¡Padre, no abrave mi rabia!

EL CABALLERO   Rapaz, a tus años sobran amores. Si una mujer no te quiso, hay cien que están esperándote. Todas las horas nacen mujeres a miles, y padre no hay más que uno.

CARA DE PLATA   ¡Amor de mujer tampoco!

EL CABALLERO   Las mujeres cuando no se mueren, se hacen viejas. ¡Mal hijo, ciego de engaños y sueños, mira esas luces que se acercan! ¿Ves esa punta de alcahuetas con mantos y farolillos? El Santísimo Sacramento viene a visitarme con el cortejo que por mis pecados merezco. No seas tú menos que el verdugo y espera a que confiese y comulgue el reo de muerte. Voy a darte un buen ejemplo.

Lenta procesión de luces y manteos entraba por el rudo arco flanqueado con escudos y cadenas. Bajo palio, viene el sacrílego ABAD de San Clemente. La capa de paños de oro, cuatro cuernos el bonete, y en las manos, como garras negras, la copa de plata con el pan del Sacramento.

EL CABALLERO   ¡Alto las luces!

EL ABAD   ¡Montenegro, la Iglesia te pide paso con el Cuerpo de Cristo!

EL CABALLERO   ¿Quién hace la mueca?

EL ABAD   ¡Blas de Míguez!

EL CABALLERO   ¡Que se lo lleve el Diablo! ¡Adivino tu tramoya, mal ordenado!

EL ABAD   ¡Faraón, humilla tu orgullosa cabeza ante el Rey de Reyes!

VOCES DE VIEJAS ¡Montenegro! ¡Negro de alma! ¡Negro de pecados! ¡Negro de las calderas del infierno!

DON JUAN MANUEL, con dos perros como leones cogidos por los collares, descendía por la gran escalera de piedra. Camina por entre las luces en tenebroso silencio. Bajo el palio, levanta la copa de plata el ABAD de San Clemente. EL CABALLERO, adusto, burlón, enigmático, hinca la rodilla en tierra y hace arrodillar a sus perros.

EL CABALLERO   ¡Sacrílego Abad! ¿Qué vas buscando?

EL ABAD   A un pecador en trance de muerte.

EL CABALLERO   ¡Aquí le tienes! En el arte de mal vivir un maestro, y el hacha del verdugo suspendida sobre la cabeza. Este malvado que tengo por hijo, medita mi muerte, y para absolverme de mis pecados, caído del cielo vienes, bonete. Públicamente mis culpas confieso. Soy el peor de los hombres. Ninguno más Llevado de naipes, de vino y mujeres. Satanás ha sido siempre mi patrono. No puedo despojarme de vicios. Me abraso en ellos. Nunca reconocí ley ajena para mi gobierno. Saliendo a mozo, maté a un jugador por disputa de juego. Violente la voluntad de una hermana para hacerla monja. A mi mujer la afrenté con cien mujeres. ¡Este he sido! ¡Cambiar no espero! De milagros y santos arrepentidos pasaron ya los tiempos. ¡Dame la absolución, bonete!

EL ABAD   ¡Arrédrate, blasfemo!

EL CABALLERO   ¡Sacrílego!

CONFUSION DE VOCES   ¡Montenegro! ¡Negro con Pauliña! ¡Negro excomulgado!

Restalla una honda. Rebota en el muro de la torre una piedra. Vuela una lechuza del angaro. EL CABALLERO se pone en pie, con resolución soberbia, y arranca el copón al clérigo.

EL CABALLERO   ¡Atrás!

VOCES DE VIEJAS ¡Cristo! ¡Cristo! ¡Cristo! ¡Santísimo Cristo azotado! ¡Ciérrate, noche! ¡Cubre este espanto!

EL CABALLERO   ¡Cara de Plata, échale encima el caballo a esa punta de alcahuetas!

CARA DE PLATA   ¡Dónde está el rayo que a todos nos abrase!

CARA DE PLATA sale por el arco recobrando las riendas, tendido sobre la crin del caballo espantado. Capuces y luces del piadoso cortejo retroceden. Voces agorinas. Sombras huideras. Pánico sagrado. EL CABALLERO con la copa de plata en la mano se sienta en la escalera.

EL CABALLERO   ¡Tengo miedo de ser el Diablo!

FIN DE «CARA DE PLATA»